Chara

旦那様の通い婚

南さらさ

キャラ文庫

この作品はフィクションです。
実在の人物・団体・事件などにはいっさい関係ありません。

目次

口絵・本文イラスト／高星麻子

旦那様の通い婚

1

「ん……」

（――あと、もう少し……）

木製の小さな丸椅子《まるいす》の上でつま先立ちになった鈴音《すずね》は、頭上の枝へと指先を伸ばした。

下の実はまだあまり色づいていないから、上のほうで丸々と膨《ふく》らんでいるあの赤い実が欲しいのだが、鈴音の背では手が届かない。

仕方なく持ってきた丸椅子にのって手を伸ばしたそのとき、着ていた着物の袖《そで》が枝に引っかかり、ぐっと強く引っ張られるのを感じた。

あっと思ったときには、足元の椅子がぐらぐらと揺れていた。

「……っ！」

バランスを崩すと同時に、地面へと叩《たた》き付けられる痛みを覚悟して、ぎゅっと強く目を瞑《つむ》る。

だが不思議なことに、いつまで経《た》ってもその痛みがやってくることはなかった。

「危ないな……」

ふいに耳元で響いた低音に目を開けると、息がかかりそうなほどすぐ目の前に、一人の男が立っているのが見えた。

瞬間、鈴音はドキリと胸が高鳴るのを感じた。

今夜のパーティに呼ばれた客の一人だろうか？

黒のスーツをさらりと着こなし、前髪を軽く横に流した男は、鈴音よりもかなり年上に見えた。

鈴音の身体をひょいと軽く抱きあげていても、びくともしない立派な体格をしている。

（――知らない、男の人だ……）

とはいえ、普段からほとんど家の外に出たことがない鈴音にとっては、今夜のパーティに来ている客は見知らぬ人ばかりだったが。

それでももし過去に一度でも彼と会ったことがあるのなら、きっと忘れられるはずがないと感じるほど、印象的な男だった。

切れ長の瞳《ひとみ》は力強く、全身から立ちのぼる存在感は、傍にいるだけで圧倒されてしまう。

大人の色香に溢れた整った顔立ち。その強い視線や、キリと結ばれた唇は雄々しく、妙に野性的だった。

艶《つや》やかな黒髪に黒のスーツを着ているせいか、まるで黒豹《くろひょう》みたいな人だなと思う。

（それに……このいい香りはなんだろう？）

彼がつけているオーデコロンかなにかだろうか。微《かす》かに白檀《びゃくだん》のような、甘くてスパイシーな香りがして……。

「おい。どうした？　どこかぶつけでもしたのか？」

「い、いえ……。あ……あの、大丈夫です。ありがとう……ございました」

声をかけられて鈴音は初めて、自分が男の腕に抱かれたまま、彼をまじまじと見つめていたことに気が付いた。

あまりに不躾《ぶしつけ》だった自分の態度に、鈴音はかぁぁと顔を赤く染めながら小さく礼を言い、慌《あわ》てて男の腕から地面へと下ろしてもらう。

「それで、君はいったいどこの子だ？　もしかして迷子なのか？　白河邸《しらかわてい》のパーティならこんな裏庭じゃなくて、あっちの建物でとっくに始まってるぞ？」

「それは……知っています」

母屋《おもや》に人が集まるその隙《すき》を狙《ねら》って、わざわざ出てきたのだから。

彼が指し示した建物からは、先ほどより生演奏と思われるカルテットの優雅な音楽が断続的に流れてくる。さざめくような大勢の人の笑い声も。

「そこまで連れて行こうか？」

「いいえ、いいんです。もともとパーティに参加するつもりはなくって……。人前に出るのは、あまり得意じゃないですし……」

パーティが苦手で逃げてきただなんて、随分と子供っぽいことを口にしてしまったとすぐに後悔したけれど、目の前の男は鈴音の言葉になぜかふっとその口元を緩《ゆる》めた。

「そうか。……実はここだけの話だけどな。俺もアレは大の苦手なんだ。クジャクみたいに着飾ったおばさんや、腹のつき出たおっさんたちに囲まれるなんて、うんざりだよな。楽器の生演奏も、なんか肩が凝《こ》るっていうか。どうにもガラじゃないっていうか。……堅苦しいのも仰々《ぎょうぎょう》しいのも、できれば避けたくてな」

「そうなんですか……?」

鈴音からは立派な紳士に見える彼も、どうやらパーティが苦手で庭へ逃げ出してきた一人だったらしい。

驚いて見返すと、男は『ああ』と笑いながらネクタイに指を入れ、ぐいと無造作にそれを緩めた。あまりお行儀がいいとは言えないその仕草《しぐさ》を、鈴音はぼうっとした顔つきで見つめてしまう。

(……なんでだろう? 彼のする一つ一つの仕草が目について、そこから視線が離せない…)

「で? 君は、こんなところで一体なにしてたんだ?」

「……あの。できたら、誰にも内緒にしていただけますか?」

「それは話の内容にもよるな。なにしろここは天下の白河邸だ。白河グループの頂点である白河翁《おう》を敵に回したりしたら、俺の首まで飛ぶからな。もし君がこんな人気《ひとけ》のない場所でなにかよからぬことでも企《たくら》んでいたのなら、すぐにでも警備の者を……」

「ち、違います！　よからぬことなんてなにもしていません。ただ……そこのユスラウメの実を、少しだけ採ろうとして……」

「ユスラウメ？　ああ、その木になってるサクランボみたいな赤い実のことか」

問われて、慌ててこくこくと頷《うなず》く。

不審者と疑われることだけは避けたかった。

「なんだ。もしかして、あの実を盗み食いするつもりだったのか？」

盗み食いと言われると、ちょっと語弊《ごへい》があるかもしれないが、こっそりと人目を忍んで採ろうとしていたのは事実だ。

鈴音が『……すみません』と小さく項垂《うなだ》れると、なにが面白かったのか目の前の男は『ぷっ』と目を細めて吹き出した。

彼がそうして目を細めて笑うと、途端に眼光の鋭いきつめの表情が和《やわ》らいで、優しい雰囲気になるのに驚く。

「その実ってのは、盗み食いしたくなるほど美味《うま》いもんなのか？」

「それは……人によるかもしれません。祖父は『あんなもの、人が食べるようなしろものじゃない』って苦い顔をしますけれど。亡くなった僕の母は、あの実が大好きでした。……子供の頃に住んでいたアパートの裏に、ちょうどあの木が植えてあったんです。春には桜によく似た花が咲くので、母と一緒にお花見をしたり、あの実を採って食べたりして……」

「……そうなのか」

鈴音が懸命に説明すると、なぜか目の前の男は微笑《ほほえ》むように口元を緩めた。

ユスラウメの枝についた小指の先ほどの小さな赤い実は、まるでルビーみたいに真っ赤に色づいている。

サクランボのような極上の甘さや芳醇《ほうじゅん》な味わいはないけれど、口の中に入れるとほんのりとした甘酸《あまず》っぱさが広がって、実に素朴《そぼく》でさわやかな味がするのだ。

それがひどく懐《なつ》かしくて、せめて母の写真に供えてあげたかったのだが、もしこのことが祖父に知れたらまた苦い顔をされるのは目に見えていた。

『口にするなら極上のものだけにしろ。あんなチンケな木の実なぞ、鳥にでもやれ』というのが、食べ物に口うるさい祖父の言い分だからだ。

そのため誰も庭に出てこない今のうちに、少しだけこっそり採って部屋に持ち帰ろうとしていたのだが、人間、慣れないことはするものではない。

彼がちょうど傍を通りがかってくれなかったら、今頃鈴音は見事に椅子から転げ落ち、地面に倒れ伏していただろう。

「あの……助けていただきまして、本当にありがとうございました」

改めて深々と頭を下げると、男はなにやら考え込むように首を傾《かし》げたあとで、すっと目を細めた。

「ちょっとこれ、持ってろ」

「え……？」

なにを思ったのか、彼は着ていたスーツの上着を素早く脱いで鈴音にぽんと手渡すと、置いてあった丸椅子に足をかけた。

そうしてその長い腕を器用に使い、上のほうの枝で綺麗《きれい》に色づいていた赤い実をあっという間に集めてしまう。

「ほら。これくらいでいいか？」

そう言って彼が鈴音の両手一杯に集めてくれた赤い実はまるまるとしていて、宝石のように光って見えた。

「あ……ありがとう、ございます」

手の中いっぱいに集まった赤い実。それに目を輝かせながら彼に礼を言うと、男は口の端だけを少しあげて小さく笑ってくれた。

その照れたような優しい微笑みに、またもやドキリとしてしまう。

（……どうしよう。すごく……すごく嬉《うれ》しい）

こんな風に初対面の相手から、なんの見返りもなく親切にしてもらったのは初めてだ。それだけで胸がいっぱいになってしまう。

「あ……」

そのときふいに彼は鈴音の手から赤い実をひょいと一つ摘《つま》みあげると、それを自分の口の中へぽいと放り込んでしまった。

「なんだ。普通にうまいじゃないか。思ったよりも甘いしな」

「あの、まだ洗っていないですよ？」

「別にこれくらいで腹をこわしたりはしないだろ。ほら、お前も口を開けてみろ」

「え……」

いきなりの命令に慌てて口を開く。すると彼はもう一つ、鈴音の手の中から赤い実をとり、唇にその実を押し込んできた。

男の無骨《ぶこつ》な指先が微かに唇に触れてきた瞬間、鈴音はチリッとした熱さを覚えて、目を瞬かせた。

「な？　甘いだろう？」

彼の言うとおり、口の中で柔らかく弾《はじ》けた赤い木の実は、今まで食べたどの実よりも甘く感じられた。それに慌ててこくりと頷く。

「さて、これでお互いに共犯者だな。……ここの怖い家主に見つからないよう、お前も秘密は厳守しろよ？」

それが先ほどの『できれば誰にも内緒にしてほしい』という鈴音のお願いに対する、答えな

のだと分かった。

そんな風に言ってもらえたことが、ただもう嬉しくて。

悪戯《いたずら》っぽい笑みを浮かべた男に、鈴音は全身の血がカッと熱くなるのを感じながら、こくこくと頷き返すしかできなくなる。

「社長、社長！　……東悟《とうご》さん？　どちらにいらっしゃいますか？」

そのとき植え込みの向こうから、誰かが小さく呼ぶ声が聞こえてきた。

途端に彼は『しまったな』と苦い顔を見せると、鈴音の腕にかけていたスーツを抜き取り、再び素早い仕草で服を整えはじめた。

「やれやれ、うるさいヤツが来た」

「東悟さん！　こんなところに隠れてたんですか。道草もいい加減にしてください！」

がさがさっという音とともに植え込みから顔を出したのは、細いフレームの眼鏡をかけた、これまた見覚えのない若い男だった。

彼は不機嫌そうな顔で鈴音と一緒にいる男を睨《にら》み付けると、『急いで会場に戻ってください。そろそろ白河翁のスピーチが始まりますから』と、小さな声で叱咤《しった》した。

「分かってるって。ちょうど今、戻ろうと思っていたところだよ」

「……ちょっと待ってください。まさかそんな乱れたカッコで会場に戻るおつもりですか。……こっちを向いてください」

眼鏡の彼はそう言うと、男の首筋にすっと腕を伸ばした。

長い指先が緩んでいた彼のネクタイを綺麗に整えていくのを、鈴音はなぜか息を止めてじっと見守った。

妙に絵になる二人だ。

野性的な魅力を持つ長身の彼はもちろん、あとから駆けつけてきた眼鏡をかけた男性のほうも、整った容姿をしている。

やがて身支度を整えた二人が、母屋に向かって戻り始めたところではっと我に返った鈴音は、慌ててもう一度その背中に向かって頭を下げた。

「あの……っ！　本当にありがとうございました」

黒豹みたいな彼は軽く手をあげて応えてくれたが、怒った連れに腕を掴まれるようにして、パーティ会場へと戻っていってしまった。

その後ろ姿が見えなくなるところまで見送ったあと、鈴音は手の中に残された宝石のような赤い実をじっと見つめた。

(東悟さん……か)

ひどく印象的な男の人だった。

鈴音の周りにいるのは、今年八十になる祖父や古くから屋敷で働いている年配の人間ばかりで、若い人はあまりいない。

東悟と呼ばれていた彼は、鈴音が通う高校の堅物《かたぶつ》な教師たちとも、育ちのいい坊ちゃんたちばかりが集められたクラスメイトたちとも、まるで違って見えた。

あんな風に野性味に溢れた大人の男の人を、間近で目にしたのも初めてだ。

鈴音を軽々と抱き上げてくれた太い腕も、がっしりとしていた広い肩幅も。

低く腹に響くような声も、あの悪戯っぽい笑い方も。

(なんでだろう……。思い出すだけで、妙に心臓がばくばくしてる……)

一緒にいたのはほんの僅《わず》かな時間だけだったのに、彼の姿は鈴音の脳裏《のうり》に深く焼き付いて、今も離れなかった。

彼のスーツからは、不思議なほどいい香りがした。

できることならもう一度、あの香りを傍で嗅いでみたいと思ってしまう。

……あの広い背中を今すぐ追いかけていって、もう一度話しかけたら。彼はまた目を細めて、照れくさそうに笑ってくれるだろうか。

(なんで、こんなことばっかり考えてしまうんだろう……? 今日初めて、会ったばかりの人なのに)

それが生まれて初めて感じた『恋心』だということにも気付かぬまま、鈴音は彼のいなくなった庭先で、長いことぼんやりと立ち尽くしていた。

東悟が三十、鈴音がまだ十七の、ある春の夕暮れのことだった。

誰よりも偉大で尊大だった祖父が亡くなったその日は、雲一つない晴天だった。

白河グループのトップだった白河源一郎《げんいちろう》が亡くなったと聞きつけ、ひっきりなしに訪れる見知らぬ弔問客《ちょうもんきゃく》。そんな人達で溢れかえった母屋には居場所がなくて、鈴音は夜風《よかぜ》に誘われるようにふらふらと夜の庭に出た。

庭の隅に置かれたお気に入りのブランコに腰を下ろした途端、もはや立ち上がる気力さえもなくなってしまう。

それから、どれくらいの時間が経っただろうか？

「……いつまで、こんなところにいるつもりだ？」

「……東悟さん……」

かけられた声に顔を上げると、喪服をすらりと身につけた東悟が、ブランコのすぐ脇に立っていた。

半年ほど前、『今後は、彼がお前の後見人《こうけんにん》になる』と、祖父から東悟を紹介されたとき、鈴音は『あのパーティの夜に会った人だ……』と激しく驚いたが、それは東悟も同じだったらしい。

あの日、白河邸の庭で出会った迷子の子供が、政財界で恐れられる源一郎の孫だと紹介された東悟は、ひどく驚いたような顔つきでまじまじと鈴音を見ていた。

「目が、ウサギみたいに真っ赤になってるぞ」

もうさんざん泣き腫《は》らして、涙も涸《か》れたと思っていたのに。

ふとしたときに止めどもなく溢れてくる涙に、東悟は苦笑しながら自分のハンカチを差しだしてくれた。

「……ありがとうございます……」

礼を言って受け取ると、東悟のいつもつけているフレグランスの香りがした。それにまた、新たな涙がぼろぼろと零《こぼ》れ落ちてしまう。

(……とうとう、一人きりになってしまった)

名もよく知らないような遠い親戚ならまだ大勢いるが、彼らは鈴音にとっては他人とほぼ変わらない存在だ。

源一郎が亡くなる前から、その後の財産分与や自分の会社での立場についてばかり話しあっていた彼らを、身内だとは思いたくなかった。

鈴音には、すでに両親はいない。

源一郎の一人娘だった澄子《すみこ》は、ある日、売れない絵かきだった父と出会い、恋に落ちた。

母は源一郎の決めた許婚《いいなずけ》を捨てて父と駆け落ちし、小さな片田舎で鈴音を産んだ。

貧しくとも、笑いの絶えない穏やかで優しい毎日。

だがそんな幸せな日々もそう長くは続かなかった。父が事故で急死し、母は幼い鈴音を抱えて途方に暮れることになったのだ。

内職やパートを掛け持ちしてなんとか暮らしていたものの、もともと身体がそう丈夫ではなく、お嬢様育ちだった母にはシングルマザー生活はこたえたのだろう。

ほどなくして母は床に伏せるようになり、あっという間にやせ細った。

祖父の源一郎が、突然、鈴音たちの住むボロアパートを訪ねてきたのはこの頃だ。

自分の死期を悟《さと》った母が、一人残される鈴音を案じて縁を切ったはずの実家に連絡を取ったのだと、あとから知らされた。

母はすぐに大きな大学病院へと入院させられ、鈴音は源一郎の住む屋敷へと引き取られることになった。

生まれて初めて顔を合わせた祖父は、恐ろしかった。

厳《いか》めしい顔つきをした源一郎は、鈴音と会っても優しい言葉一つかけるでもなく、『お前が、澄子とアレの息子か』とフンと鼻を鳴らしただけだった。

連れて行かれた屋敷は、まるで迷子になりそうなほど広くて、寂しくて。いつも母の姿が近くに見えていたあの狭いアパートが恋しかった。

それでも入院している母に心配はかけまいと、鈴音は母の見舞いに行くたび『お家は広いから探検できて楽しいし、お祖父ちゃんは優しいよ』とわざと明るく振る舞った。

父だけでなく母までいなくなってしまったらと思うと怖くて、夜眠りにつくのも恐ろしかったが、鈴音は『僕は良い子でいますから、一日でも早く母が元気になりますように』と、毎晩見たことのない神様に向かって真剣に祈った。

しかしその願いも虚《むな》しく、母はその後間もなく、帰らぬ人となってしまった。

祖父が人前で声をあげて泣く姿を目にしたのは、あのときが最初で最後だったと思う。

『この親不孝者めが！　好き好んで苦労なんぞするからだ！』と、もう二度と起き上がらなくなった母に向かって泣き叫んでいたことを、鈴音は今でも覚えている。

以来、鈴音は祖父と二人で、この広すぎる屋敷で暮らしてきた。

どこに行くにも必ず運転手とガードマンが付いてまわり、鈴音の周りにはいつもたくさんの大人がいた。

おかげで鈴音は、同じ年頃の友人と学校外で遊んだこともない。

今から思えば、祖父は最愛の娘だけでなく、たった一人の孫まで失いたくないと必死だったのだろう。

そんな箱入りで世間知らずな鈴音にとって、ときどき屋敷を訪れるこの後見人と会うのが、唯一の楽しみとなっていた。

東悟は、鈴音の知らない世界をたくさん知っている人だった。

あまりに箱入りな鈴音に呆れて、東悟はときどきこっそり祖父に内緒で、外に連れだしてくれたりもした。

初めて一緒に出かけた浅草《あさくさ》は、仲見世にたくさんの珍しい店が並んでいて、見るもの全てがキラキラと輝いて見えた。

鈴音にとって浅草は特別の場所となったし、東悟とともに出かけた花見や夏の花火は、一生忘れられない思い出となった。

そんな風に、いつも自分に新しい風を吹き込んでくれる東悟のことを鈴音が大好きになるのにそう時間はかからなかったし、あとから思えばきっと最初に出会ったあの日から、東悟は鈴音にとって特別な人だったのだと思う。

祖父がなにを思って、東悟を鈴音の後見人にしたのかは今もよく分からない。

その半年後に祖父は病に倒れ、昨夜、とうとう母と同じ場所に行ってしまった。鈴音の手には決して届かない、遠い場所に。

東悟に貸してもらったハンカチで、涙を拭きつつ鼻を啜《すす》る。

それでもいまだ止まらぬ鈴音の涙を見つめ、東悟はブランコの柱にもたれるようにして苦笑を零した。

「愛っていうのは、本当にやっかいだな」

「……どういう、意味ですか？」

「誰のことも愛さなければ、そんな風に泣くこともないだろうにと思ってな」

東悟の言いたいことがよく分からずに、ふと顔を上げる。

月明かりに照らされた彼の横顔は、どこか寂しげに青白く光って見えた。

「あの頑固なクソジジイは、みんなから殺されそうなほど嫌われたり、憎まれたりしていたはずなのにな。……その彼の死に、お前はまるで今にも目玉が溶けて落ちそうなほど、泣いて悲しんでる」

クソジジイなんて口は悪いが、東悟の言うとおりだった。

強引でワンマンだった祖父は仕事の面ではかなり容赦がなく、生前、周囲から恐れられると同時に、色々な人から憎まれていたのを鈴音も知っている。

「僕にとっては……あれでも、たった一人のお祖父様でしたから」

優しい言葉の一つもろくにかけてくれないような人だったが、母が亡くなってしばらくしたある日、鈴音が学校から戻るとこのブランコが庭にぽつんと置いてあった。

本格的な日本庭園にはとても不似合いな、白い二人乗り用のブランコだ。

「お祖父様はなにも言わなかったけれど、このブランコは、母が死んでひどく落ち込んでいた僕を慰めようとして用意させたんだと思います。僕が幼稚園の帰り道に、母とよく裏の公園でブランコに乗った話をしたことがあったので……」

「……そうか……」

あの日、鈴音は普段はなにも言わない祖父のことを、初めて愛したような気がする。

鈴音のつまらない話などろくに聞いていないようでいて、祖父はちゃんと聞いてくれていたのだ。

ユスラウメの話をしたときも、そうだった。

桜だけしか植わっていなかったはずのこの庭園に、いつの間にか大きなユスラウメの木が植えられていたのは、きっと鈴音が母とその木の下でよく花見をしたことを話したからだ。

『あんなチンケな実なぞ食えるか』と言いつつも、鈴音の部屋から一番よく見える場所に、その木はそっと植えられていた。

不器用な祖父の、それが精一杯の愛情表現なのだとそのとき分かった。

口に出さなくても、愛が伝わることはある。

優しさと愛《いと》しさを、最後までうまく表せなかった祖父。

最後まで、父のことだけは『アレ』としか口にしなかった祖父。

たった一人の、僕の……最後の家族だった人。

今は全てが愛しくて、悲しい。

「……ご、ごめんなさい」

泣き止むつもりが、祖父との思い出を話しているうちにまた熱いものがぼろぼろと溢れてきてしまい、鈴音は慌ててハンカチで目を押さえた。

喉《のど》の奥が、熱くて痛い。

祖父が倒れてから、いつかこの日がやってくることはちゃんと覚悟していたはずなのに。

堪《こら》えよう、堪えようと思っても、どうしても涙が滲《にじ》んできて止まらなかった。

いい年をして、泣きわめくだなんて情けない。

きっと東悟も呆れているだろうと思ったのに、震える鈴音の肩に、大きな手のひらがそっと置かれた。

「別に無理なんかしなくても、悲しかったら好きなだけ泣けばいい。……あのクソジジイも、孫の鈴音にそこまで想われてると知ったら、本望《ほんもう》だろうさ」

「……っ」

苦笑交じりに、優しい笑みが向けられる。

そのまま厚い胸へと優しく抱き寄せられた瞬間、鈴音はそれまで必死に堪えていたはずの涙が、いっきに溢れ出していくのを感じた。

肩が大きく震え、嗚咽《おえつ》が溢れ出す。

自分の着ていた服が濡れるのも構わずに、東悟は鈴音が泣いている間、ずっと背中を優しく撫《な》でてくれていた。

その手は、この世のなによりも温かく、優しかった。

そうして声が枯れるほど泣き続け、ようやく鈴音の涙が落ち着いた頃に、東悟は鈴音を見下ろしながら照れくさそうな顔で小さく口にしたのだ。

『もしよかったら、俺と家族にならないか？』と。


うつらうつら夢を見ていた。

東悟がこちらを見つめ、その唇を緩めて照れくさそうに笑っている夢だ。

少しだけ目を細めた、優しい微笑み。

一瞬にして胸が深く摑まれた、初めて会ったあの夜と同じ……。

それに鈴音は胸がじわりと熱くなると同時に、『ああ、これは夢なんだな』とすぐに分かった。

なぜなら最近の東悟は、そんな表情を自分の前では決して見せたりしないからだ。

白河グループの若き総裁として、マスコミや対外用に作られた不敵な笑みならば、今もよく見かけるけれど。

鈴音と出会ったばかりの頃に見せてくれたあの照れくさそうな優しい笑みは、もう長いこと目にしたことがなかった。

鋭い瞳を細めて優しく笑う東悟が、大好きだったけれど。

見ているだけで嬉しくなって、胸がきゅうきゅうと締め付けられるくらい幸せで……。

小さな物音にはっとして目を開ける。耳を澄ますと玄関先から、なにやらぼそぼそとした話し声が聞こえて来た。

（――きっと東悟さんだ。帰ってきたんだ）

寝ぼけ眼《まなこ》の目を擦りながら、鈴音は慌てて椅子から立ち上がった。

彼が帰ってくるまで、ちゃんと起きて待っているつもりだったのに。

いつの間にか椅子に座ったまま、うとうとしていたらしい。壁に掛かった大きな柱時計を見れば、夜の十一時を少し過ぎたところだ。

二階の部屋を出て吹き抜けとなっている階段から玄関を見下ろすと、思ったとおり、東悟と彼を送ってきたらしい運転手の姿が見えた。

「では、明朝は八時にお迎えに上がります」

「ああ。今日も遅くまで付き合わせて悪かったな。ご苦労様」

東悟は運転手からカバンを受け取りながら、ねぎらうように頷いてみせた。

その優しい声と表情に、一瞬、見惚《みと》れてしまう。

外ではいつも厳しい顔をしている東悟だったが、本来は情に厚い男だと知っている。

彼に心酔《しんすい》して以前の会社からついてきた者はみな、東悟のそうした一面に惹《ひ》かれているのだということも。

鈴音が二人の元へと歩み寄ろうとしたそのとき、チリンと涼やかに鈴の音が鳴り響く。

その音に気付いたのか、東悟と運転手が二人揃ってはっとしたようにこちらを振り返った。

「あ、あの。おかえりなさい」

鈴音が声をかけると、運転手が小さく頭を下げた。

それに鈴音も慌てて『ご苦労様です』と頭を下げる。

「では、また明日よろしく頼む」

だが鈴音が他になにか口を開くよりも早く、東悟がそう告げると、彼は一礼して玄関先から出て行ってしまった。

二人きりになった途端、それまでの柔らかな表情を消した東悟は、厳しい顔つきで鈴音をじろりと見上げてきた。

「どうしてお前が、こんな時間まで起きているんだ？　先に寝ていろと言っておいたはずだろう」

不愉快さを隠さない表情と、冷ややかな視線。

それに、心臓がすぅ……と冷えていく。

自分の前ではむすっとしてしまった男の表情に、鈴音はふわふわとした気分が一瞬にして萎《しぼ》んでいくのを感じた。

「あの……来週の演奏会の件で、少しお話があったので……」

不機嫌さを隠そうともしない東悟に、内心怯《ひる》みそうになりながらも鈴音が用件を口にすると、東悟はひどく煩《わずら》わしそうに溜め息を吐いた。

その溜め息に、ますます心が萎縮していってしまう。

「パーティに関しては、全て栞《しおり》に任せてあるはずだ。俺に聞くな」

東悟が呼び捨てた女性の名に、ちりっと皮膚が焼けるような鋭い痛みを感じながらも、鈴音はもう一度、諦めずに口を開いた。

「あの……でも、東山《ひがしやま》様のお加減が、最近あまりよろしくないそうなんです。それで今年の演奏会は、欠席させてもらうかもしれないと……」

「本人がそう言ってきたのか?」

「はい。本日の午後、家のほうにお電話があって……」

東山は祖父が存命の頃から白河家とは長いつきあいのある、大きな紡績会社の会長である。昔から鈴音を孫のように可愛がってくれた恩人でもあり、白河グループにとっては大事な大株主の一人でもあった。

その東山が、毎年春に行われる白河家恒例の演奏会に出ないとなると、問題となるのではないだろうか?

祖父は生前、会社経営について孫の鈴音にはなにひとつ教えようとはしなかったから、詳《くわ》しくは分からないけれど。

一応、責任者である東悟には伝えておくべきかと思ったのだ。

「それに……ここ最近、東悟さんもいつもお帰りが遅かったでしょう？　東悟さんの顔が見られないままなのは、寂しいですし……」

しばらく前までは、東悟の帰りをいつも寝ないで待つのが鈴音の日課だった。

だが鈴音が体調を崩して以来、彼が帰ってくるまで起きていることは許されなくなってしまっている。

おかげで東悟と顔を合わせられるのは、時たまにある東悟の休日か、朝食のほんのひとときの間だけだ。

ところが最近の東悟は休みもなく働いており、朝食すら食べずに出かけていくことも多いため、顔を合わせる機会もあまりなかった。

（せっかく、同じ家で一緒に暮らしているのに……）

この広すぎる洋館で、東悟と共に暮らすようになって約三か月。

その間、二人一緒のテーブルで食事を取ったり、ささやかな会話を楽しんだりしたのは最初の数週間だけだった。

あとはいつもすれ違いばかりで、同じ屋根の下で暮らしていながら、鈴音は東悟とはほとんど顔を合わせていない。

（東悟さんは忙しい身だし、仕方がないっていうのもわかっているけれど……）

それもこれも鈴音の祖父が、自分の亡き後、巨大な白河グループの行く末を東悟一人に全て任せたせいでもある。

――ついでに、直系の孫である鈴音の世話までも。

「……あまり、子供じみたことばかり言うな」

「……すみません……」

だができるだけ彼の顔を見たいというささやかな鈴音の願いも、東悟にとっては苛立《いらだ》ちの一つでしかなかったらしい。

小さく呆《あき》れたように溜め息を吐かれ、鈴音は耳を赤く染めて俯《うつむ》いた。

「一応、東山氏にも招待状だけは出しておくよう栞に伝えておいてくれ。周囲の口うるさい連中に、あとから恩人を呼ばなかったなどといらないケチをつけられても困るからな」

「分かりました。あの……もしよろしければ、僕が東山様のお見舞いがてら、招待状をお届けしてきましょうか？」

東山は気むずかしいところもある老人だが、鈴音にとっては昔からよく知る人物だ。

体調のことも気がかりではあるし、鈴音が誘えばパーティにも参加してくれるかもしれない。

そう考えて思い切って提案してみたのだが、東悟は鈴音の一言にぴくりと眉を上げて、首を横に振った。

「お前は余計なことはするな。パーティに関しては、全て栞に任せておけばいいんだ。アイツはもともとお嬢様育ちだからな。こういうことに一番慣れてる」

冷たくぴしゃりと告げられてしまえば、鈴音は静かに項垂れるしかない。

「……そう、ですか」

できれば自分もなにかしら、彼の役に立ちたかったのだが。

長谷川《はせがわ》栞は、東悟の大学時代の友人だ。

東悟が以前、友人とともに立ち上げたベンチャー企業時代からの優秀なスタッフでもあり、東悟が白河グループに身を移してからも、対外的な分野においては栞が全ての管理を任されていた。

そんな風に、東悟から絶大な信頼を置いてもらっている彼女が、鈴音としてはひどく羨《うらや》ましくなるときがある。

「用件はそれだけか？」

「……はい。あ、東悟さん。お食事はどうされますか？」

「外で済ませてきた」

「じゃあ、お茶だけでも……」

「いい。今から離れの使用人をわざわざ呼びつけるのも、面倒だ」

「お茶ぐらいでしたら、僕が淹《い》れますから。少しだけ待ってもらえれば……」

だが鈴音自らその役を買って出ようとした途端、なぜか東悟はくっと唇を歪《ゆが》めて皮肉げに笑った。

「お前がか？」

「はい」

「生まれてこの方、箸より重いものを持ったことがない白河家の大事なお坊ちゃまが、お茶なんて淹れられるのか？」

一瞬、冷たい氷水を頭からざっと掛けられた気がした。

（……まだ）

周囲のスタッフにはそれなりに優しい東悟だが、ときどき、自分にだけはひどく冷淡になることがある。

今のような皮肉めいた笑みを浮かべたときは、特にそうだった。

「……」

立ち尽くしたまま、震えそうになる手のひらをぎゅっと握りしめる。

鈴音の青ざめた顔色に気付いたのか、東悟は小さく舌打ちすると、煩わしそうに口を開いた。

「いいからもう寝ろ。……だいたい、そんなかっこで玄関先まで出てきたりするな。それにいちいち俺の帰りを待ったりするなと、何度言ったら分かるんだ？」

寝間着としていつも着ている浴衣の上に、濃紺の羽織を肩にかけただけの鈴音の姿に、東悟は苛立った様子で声をあげた。

だらしない姿で出迎えたことに、ひどく呆れているのかもしれない。

そう思ったら急に恥ずかしくなってしまい、鈴音は胸元をかき合わせるようにしながら俯いた。

「……すみません」

「謝らなくていいから、さっさと寝ろ。また風邪をぶり返して寝込みたいのか」

辛気《しんき》くさい鈴音の顔など見たくもないとでも言うように、それきり東悟は視線を逸《そ》らしてしまった。

そのイライラとした声音《こわね》になにも言いかえせず、鈴音は黙って俯くしかない。

「あの……おやすみなさい」

声をかけても、返ってくるのは無言の背中だけだ。

瞬間、喉の奥が熱くじわりと痛んだが、鈴音はそれを誤魔化すようにぺこりと頭を下げると、二階にある客間へと慌てて引っ込んだ。

浴衣の上に引っかけていた羽織を脱ぎ、綺麗に整えられたシーツの隙間へと滑り込む。

そうして目を閉じて寝たふりをしてみたけれど、先ほどまでうとうとしていたのが嘘みたいに目が冴えてしまって、一向に眠れそうにもなかった。

（東悟さんとちゃんと話ができたの、一週間ぶりだったのに……。また怒らせちゃったな……）

大好きな人を自分はいつも怒らせてばかりいる。それがひどく悲しい。

本当は『お仕事お疲れ様でした』と笑って出迎えたり、温かなお茶を一杯淹れてあげたりして、東悟の疲れを癒《いや》したかったのだけれど。

なぜか自分のやることなすこと、いつも裏目に出てしまう。

祖父が亡くなってからのここ数か月は特に慌ただしく、東悟の帰りが午前様ということも珍しくない。

今日は比較的早く戻れる予定だと彼の秘書から聞いていたため、彼の帰りを待ってはみたけれど。

結局、それも彼を苛立たせただけだったようだ。

そのことが、我ながら情けなくなる。

(僕は彼の伴侶のはずなのに。なんの役にも立ててない気がする……)

男同士で伴侶もなにもないのかもしれないが、事実、そうなのだ。

表向き東悟は鈴音の後見人ということにはなっているけれど、正式には養子縁組もすでに済ませたパートナーである。

(……たとえ、その理由の半分が会社のためだったとしても。東悟さんはいつも優しくしてくれたのに)

ワンマン経営者だった祖父が白河グループの次期後継者にと指名したのは、親類縁者のうちの誰かではなく、学生時代の友人達とIT会社を立ち上げ、いっきに大手企業へと急成長させた東悟だった。

外部から引き抜かれてきた東悟が、祖父のあとを継ぐのに直系の孫である自分と姻戚《いんせき》関係を結んだほうが、色々とスムーズだったことぐらいは、世間知らずの鈴音にだって分かっている。

だがそれならただの後見人だけでもよかったはずなのに、彼の伴侶として選んでくれるなんて思ってもみなかったから、彼からの突然の申し出には驚かされた。

責任感の強い東悟は、きっと祖父を亡くして死ぬほど落ち込んでいた鈴音を、一人では放ってはおけなかったのだろう。

葬儀の夜、『もしよかったら、俺と家族にならないか?』と東悟からそう言われたときは、びっくりして声も出なかった。

しかもただの身内としてではなく、彼の伴侶としてだと説明されて、二重の意味で驚いた。

まさか東悟のような立派な男の人が、一回りも年下の……しかも同性の自分を気に入ってくれるだなんてとても信じられなかったが、東悟への恋心をずっと胸に秘めていた鈴音にとっては、天にも昇るほど幸せな一言だった。

もちろん伴侶なのだから……夜の関係だってちゃんとある。

ここ数か月はすれ違いの生活が続いているため、別室で休んでいるけれど、それでもまっさらだった鈴音の身体を最初に優しく開かせたのは、他ならぬ東悟だ。

なにもかもが初めての経験で、あまりの羞恥に泣き出しそうになっていた鈴音の心臓の上に、東悟は捧げるような甘く優しいキスをそっと落としてくれた。

(……あれ、すごく嬉しかったな)

あのとき、心の奥にまでそっと東悟に優しく触れられた気がした。

以来、鈴音は名実共に東悟の伴侶となったのだ。

出会ったときから東悟はいつも優しかったし、大好きな人と毎日一緒にいられるなんて夢みたいで、毎日が甘ったるいくらい幸せだったけれど。

祖父の四十九日が無事に終わった頃、心身共に疲れ果てた鈴音は、高熱を出して一か月近く寝込んでしまった。

――その頃からだろうか。

東悟があまり、笑わなくなってしまったのは。

鈴音には『先に寝ていろ』と言い置いて、自分は深夜まで会社にいることが多くなった。

白河グループは戦前からある大きな会社で、グループ各社は不動産からビル管理、飲食店、建設業含め、多岐にわたっている。

その後継者として急にトップに立たされることになった東悟には、人知れぬ苦労も多いのだろう。

日々、顔つきが険しくなっていく東悟のために、自分はなにもできていない気がする……。

それが歯がゆくてならないし、彼の伴侶として自分はなにができるのかを悩んでしまう。

そんな暗い気持ちを振り払うように首を横に振ったものの、胸に芽生えた不安は消えてくれそうにもなくて、鈴音はいつも身につけている小さな鈴を手にとった。

ちりりんと優しい音色が響く。

白と金で象《かたど》られた七宝《しっぽう》焼きの小さな鈴は、東悟が鈴音を初めて浅草へと連れだしてくれたとき、土産として買ってくれたものだった。

――鈴音の名にちなんでと。

それがたまらなく嬉しくて。七色の紐《ひも》のついたその小さな鈴を、鈴音はいつも肌身離さずに持ち歩いている。

(あの日は信じられないくらい楽しかったな……)

会社が落ち着いたら、また前のように二人で出歩ける時間はできるだろうか?

東悟が疲れているというのなら、葉山《はやま》にある別荘に行ってもいい。

そんな風に二人だけの時間を、もう少しゆっくりと取れたなら……。

そしたら東悟はまたあの悪戯っぽい照れたような微笑みを、鈴音の前でも見せてくれるかもしれない。

(早く、東悟さんとゆっくり落ち着ける日が来ますように……)

小さく祈りを込めるように、鈴音は手の中の鈴に向かって『おやすみなさい』と告げると、それをそっと握りしめた。

「三沢《みさわ》さん、おはようございます。あの……東悟さんは……?」

寝室を出て一階のリビングを覗《のぞ》くと、忙《せわ》しなく朝食の準備をしている女性と出くわした。

三沢という名の彼女は、この屋敷の離れにて住み込みで働いてくれている家政婦だ。

朝食の支度から掃除、洗濯にいたるまで、彼女の采配でこの家は回っている。

鈴音がなにか手伝おうとするたび、三沢からは『この家の家事は、私が旦那様から請け負った仕事ですので。鈴音さんは余計な手出しは無用にお願いします』と、きっぱり断られてしまう。

プライドを持って働いている三沢の邪魔をするような真似はできず、鈴音は結局はなにもできていないままだ。

「おはようございます。旦那様なら社に呼び出されたとかで、もうとっくにお出かけになりましたよ」

「……そう……」

三沢からの返事に、鈴音はしょんぼりと項垂れた。

昨夜東悟は『八時に車を』と運転手に話していたから、今朝は一緒に朝食がとれるかもしれないと期待していたのに。

どうやら鈴音が起きる前に、東悟はすでに家から出ていってしまったらしい。

仕方なく一人でテーブルに着くと、三沢は慣れた手つきで卵を割り、パンを焼いている間にハムとチーズの入ったオムレツを作ってくれた。

同時にコーンとベーコンの入ったほうれん草のソテーを付け合わせに出され、一瞬、それに固まってしまう。

「ああ……もしかして、ほうれん草もダメでしたか?」

「す、すみません……」

正直に頷くと、三沢は『分かりました。次からは気を付けます』とすっと皿を下げてくれたけれど、その視線が呆れぎみなのは言われなくとも分かっていた。

いい年して情けないなと自分でも思うが、鈴音には食べられないものがそれなりにある。

好き嫌いの激しかった祖父にあわせて、実家の屋敷にいたころはピーマンやほうれん草といった青物野菜が、そのままの形で食卓に並んだことは一度もなかった。

祖父に雇われていた料理人が、毎回工夫をこらしてくれていたからだ。

スープや煮込み料理などに細かく擂り下ろしたものが混ぜ込まれていたらしいが、その味を直接感じたことはない。

おかげで、鈴音はいまだに青物野菜が苦手なままだ。

匂いのキツイ食べ物も得意ではなく、セロリや納豆などは食卓に並べられたこともなかった。

（……こういうところが、子供っぽすぎるのかもしれない）

東悟が鈴音の前で仕事の愚痴一つも言ったことがないのは、いつまでも自分が幼なすぎるからだろうか……。

溜め息を飲み込みつつ、作ってもらったチーズ入りオムレツを突《つっ》いていると、ふと玄関から来訪者を告げるチャイムの音が聞こえて来た。

こんなに朝早い時間から誰だろうかと首を傾げているうちに、玄関へと出向いた三沢が一人の客を伴ってリビングへと戻ってきた。

「あら……鈴音さん。起きていらしたのね」

「……栞さん。あの、おはようございます」

まるでこの家の女主人であるかのように、堂々とした足取りでリビングに現われたのは栞だった。途端に、ふわりと甘ったるい香水の香りがただよう。

「体調はもう、いいのかしら？」

「はい。ご心配おかけしてすみません。もうすっかり元気になりました」

「そう。……それにしては相変わらず、小鳥のように小食ね。それだけしか食べないで、あの東悟さんのお相手がよくつとまるわね。体力が持つのかしら？」

「……」

食卓の上を見つめながら鼻先でくすりと笑われ、鈴音は自分の偏食と小食を恥じるように俯いた。

栞は美人で洗練された大人の女性だ。

綺麗にネイルの塗られた指はいつも隙なくぴかぴかに輝いており、鈴音は彼女の前に出るたび、いつもひどく萎縮してしまう。

「今日はケータリング会社と会場整備の方と打ち合わせの予定があるので、のちほど応接室をお借りするわね。三沢さん、あとで十名ほど集まる予定なので、お茶の用意をお願いできるかしら？」

どうやら栞は今日は、来週のパーティのことで家にきたらしい。

「あの……それってもしかして、演奏会の打ち合わせですか？」

「ええ、そうよ」

「でしたらその話し合いの場に、僕も参加させてもらえませんか？」

そう尋ねた途端、栞は大げさなくらいに大きく目を見開いた。

「あら……。鈴音さんがなぜ？　いきなりどういう風の吹き回しかしら？」

「その、僕にもなにか旦那様の……、東悟さんの役に立てることがあればと思いまして……」

思い切って口に出すと、栞はなぜか鼻白《はなじろ》んだ様子で大きく息を吐いた。

「ああ……そうだったわよね。鈴音さんは男の子だけれど、一応、彼の奥様ですものね。その心がけは立派よね」

まるで当てつけるかのごとく『奥様』という言葉に力を込められ、鈴音は膝の上でぎゅっと手のひらを握りしめた。

東悟には内緒にしているけれど、……栞のこういう刺々《とげとげ》しい物言いが、鈴音は苦手に感じることがある。

女性には優しくしなさいと亡くなった母からも言われてきたし、自分もそうあるべきだと思っているけれど。

東悟に初めて紹介されたときから、栞はなぜか鈴音に対して妙に攻撃的な態度をとることがあった。二人きりのときは特に。

東悟や、彼の秘書である佐々木《ささき》が一緒にいるときはそうでもないのだが、鈴音と二人きりになった途端、栞から向けられる視線はきつくなる。

そういうとき、鈴音はいつもどうすればいいのか分からず、途方に暮れてしまう。

栞にしてみれば、世間知らずの鈴音に対してきっと苛立つことも多いのだろう。

それでも日に日に冷たくなっていく彼女の視線とその態度には、ときどき針のむしろにいるような痛みを感じることもあった。

（できたら、もう少し仲良くなれたらいいんだけれど……）

なにしろ栞は東悟の大学時代からの友人なのだ。それに、信頼できるスタッフの一人でもある。

鈴音としては栞の仕事を手伝うことで、もう少し彼女との距離を縮めたい気持ちもあった。

「僕にできることがあれば、なんでも言ってください」

「まぁ、ありがとう。……でも、そのお気持ちだけで結構よ」

にっこりとした美しい微笑みをその唇にのせた栞は、だがそう言ってきっぱりと首を横に振った。

「鈴音さんはまだ病み上がりでしょう？　それに今までこうしたことは、全て私が任されてきたのだし、別に手伝いはいらないわ」

「でも、もう元気になりましたし……。実家のことなら、僕もよく知っていますから」

「あら、ご実家のことは分かっていたとしても、パーティの采配についてはなにもご存じないんじゃないかしら？　それとも、今回お願いしている四つ星ホテルの調理スタッフや、その食材の手配、フロアー係や配置するテーブルの数。お出迎えする係とクロークの人数、駐車場係。庭園を照らすライトや生演奏の音響設備にいたるまで……、なにか少しでも役に立つような情報でも持っていらっしゃるの？」

「……いえ。……それは……」

「そうよね。これまでそうした細かなことは、全て白河翁の側近の方にお任せされていたんでしょう？　なら鈴音さんは、今までどおり無理なんてしなくていいのよ？」

　たしかに実家にいた頃は、その全ての仕切りを祖父とその部下に任せきりでいたし、有益な情報など鈴音はなにも持っていない。

　けれどいまの自分は、あの頃とは立場が違うのだ。

「たしかに僕は、東悟さんの会社のことも、パーティの采配もなにも知りません。ですのでもしよければ、少しずつ教えていただけたらと思って……」

　東悟の伴侶として、少しでも彼の役に立ちたいのだ。

　だがそんな鈴音の想いを笑い飛ばすように、栞は『ふふ』と肩を竦《すく》めた。

「申し訳ないけれど、鈴音さんにつきっきりで教えてさし上げられるような時間はないのよ。東悟さんもあのとおり忙しい方だし、私もスケジュールがいっぱいで」

「そう……ですか」

　遠回しにだが、『あなたがいたら仕事の邪魔なの』と言われているのはよく分かった。

「それに鈴音さんにそんなことさせたら、私が社長から叱られちゃうわ。なにしろ鈴音さんは、彼の大事な大事な『奥様』……ですものね」

「そんな……」

「それに今回は特に、白河翁が亡くなられてからの初めての演奏会でしょう？　社長の顔に泥を塗るようなことはできないし、失敗するわけにはいかないのよ」

そこまではっきりと言われてしまえば、鈴音から言い返せることはなにもない。

「……分かりました。余計ことを言ってしまってすみません……」

鈴音は三沢に向かって『ご馳走様でした』とぺこりと頭を下げると、そそくさとダイニングをあとにした。


玄関から響いてくる物音に気付いて、鈴音は筆を持つその手をぴたりと止めた。

水彩画でのスケッチは、数少ない鈴音の趣味のひとつだ。

祖父の許しなしには家から出ることすらできなかった鈴音にとって、庭で色とりどりに咲く花たちは、いつもその心を癒してくれた。

今も東悟が会社に行っている間など、時間が余っているときは手慰《てなぐさ》みに絵を描くことがよくある。

自己流のため、とても人に見せられるような代物ではなかったが、祖父はこっそりと鈴音の絵を額に入れて飾ってくれていた。

時計を見れば、すっかりもう昼の時間だ。

どうやら打ち合わせが無事に終わり、呼ばれていたケータリング会社や設営スタッフが帰るところらしい。

ガヤガヤとした話し声に耳を澄ませながら、手の中の筆を脇へと置く。

（一応、挨拶だけでもしておいたほうがいいのかな……）

栞には『気持ちだけで結構』と言われてしまったけれど、集まってくれた人たちはみな、鈴音の実家で行われる演奏会のために集まってくれているのだ。

「そうだ。栞さんに、東山様のことも伝えておかないと……」

彼の欠席について栞に連絡しておくようにと、東悟から言われていたことを思いだし、席を立つ。

応接間へと向かうとすでに客は全て引き払ったあとらしく、空となったコーヒーカップを片づけている三沢と、その横でモバイルパソコンを打つ栞の姿だけが見えた。

「あの、栞さ……」

「ほんと、あのお坊ちゃまには色々と驚かされるわね。なにも知らないくせしていきなり手伝いたいだなんて。あんな世間知らずが相手じゃ、三沢さんも色々と苦労するわね」

呆れたような栞の声にドキリとして、声が出てこなくなる。

この家で『世間知らずのお坊ちゃま』と呼ばれるような人間に、心当たりは一人しか居ない。

「私は別に。普段からとても大人しくて手がかからない方ですから。ただ食べられないものがいくつかあるようなので、メニューにだけは気を配らないといけませんが……」

「まったく。小さな子供じゃあるまいし、いい歳して好き嫌いが多いなんて、恥ずかしい話だわ」

（やっぱり……これって、僕のことだよね）

刺々しい栞の言葉は、鈴音に対して向けられたものだろう。

三沢は一応使われている身だからか、当たり障《さわ》りのない返答をしていたものの、苦笑している気配は伝わってきた。

悪口とは少し違う二人の会話。

けれど自分についての噂《うわさ》話をしている最中に、堂々と割って入っていけるだけの勇気はとてもなかった。

仕方なく、そっと自室に戻ろうとして背を向ける。

「まったく。東悟さんも甘やかしすぎなのよ。いくら取引条件の一つだからって、もう鬼籍《きせき》に入った人の頼みなんて、律儀にいつまでも聞くことなんてないのに。そこまで気を使ったりするから、ますますイライラすることに……」

だがそのとき、ふと気になる言葉を聞いた気がして、鈴音は足を止めた。

（……取引って？）

瞬間、ちりんと小さく鳴った鈴の音に、はっとしたように栞と三沢がこちらを振り返るのが見えた。

「鈴音さん……いやだ。いつ来てたの？　すぐに声をかけてくれればいいのに」

頭を下げて珈琲カップを下げていった三沢とは対照的に、栞はややムッとした顔つきで、こちらを睨み付けてきた。

それに怯みそうになりながらも、鈴音は栞の前で静かに口を開いた。

「すみません。あの……実は東山様が今度の演奏会は欠席するかもしれないんです。その連絡が入っていたのを、栞さんにお伝えするように言付《ことづ》かっていて……」

「そう。東山様がお休み……。困ったわね。東悟さんの機嫌がまた悪くなりそう」

呟《つぶや》いた栞の言葉が、また胸に引っかかる。

ここのところずっと東悟の機嫌があまり良くないことは鈴音も察してはいたけれど、どうやら栞も知っていたらしい。

「あの……旦那様の機嫌って？」

思わず尋ねると、栞は呆れたような表情で大きく息を吐いた。

「もしかして、あなた気が付いてなかったの？　ここのところもうずっと、東悟さんがピリピリしてるのに」

「それは……知っています」

「まぁ、この時期の彼はたいていいつも、ピリピリしているのよね」

「どうしてですか？」

呟くと、栞はくくっと肩を竦めて笑った。

『そんなことも知らないの？』とでも言うような、哀れむような視線を向けられて、身を竦ませる。

「彼の家族が、たて続けに亡くなった時期だからかしらね」

初めて耳にするその事実に、鈴音は小さなショックを覚えた。

「知りませんでした……」

東悟が自分と同じように、天涯孤独《てんがいこどく》の身の上だということは知っている。

両親と弟さんが、早くに亡くなっていることも。

だが東悟の家族がいつ亡くなったのか、どうして亡くなったのかはいまだに知らないままだった。

「あの……東悟さんの、ご家族のお墓ってどちらなんでしょうか？」

「そんなこと、あなたが知ってどうするの？」

「え……。できたら東悟さんと一緒にお墓参りに……」

祖父が亡くなったとき、鈴音の傍にいて励ましてくれたのは東悟だ。

おかげで鈴音は、一人きりになった寂しさやりきれなさを、なんとか乗り越えることができた。

今度は自分が彼のために寄り添い、できることはしてあげたい。

そう思って告げた言葉に、栞はそれまで見たことないくらい憎々しげな表情になり、『やめてよね！』と低く吐き捨てた。

それにびっくりして、声をなくしてしまう。

「もし私が彼だったら、あなたになんて一番きてほしくないと思うわよ？……っていうかやめてちょうだい。これ以上、無神経なことばかり言うのは」

「え……？」

これまで栞からは呆れられたり、嫌味を言われることは何度かあったものの、こんな風に面と向かってきつく睨み付けられたのは初めてだ。

（なにがそんなに彼女の気に障ったんだろう…？　それにもし彼の立場なら、自分には一番きてほしくないって……どういう意味なんだろうか？）

鈴音の困惑が、表情だけでも伝わったのだろう。

栞は疲れたように目を細めると、指先でこめかみを押さえながらふうと溜め息を吐いた。

「あなたって……本当になにも知らないのね」

（……知らないって、なにを？）

「どうして社長が、あなたみたいな世間知らずのお坊ちゃまと、ママゴトみたいな結婚をする羽目になったのか……。その理由を一度も考えてみたことはないの？」

「どういう……意味ですか？」

なぜかひどく喉が渇《かわ》いて、言葉がうまく出てこなかった。

栞の声に含まれるあざけりが、禍々《まがまが》しく耳へとこびりつく。

「あなた……男同士で婚姻関係だとか、おかしいとか本気で思わなかったわけ？」

確かにそれは鈴音も何度か考えた。

けれども資産家の場合、財産管理のために養子縁組をするのはよくある話だと聞いている。白河グループの次期トップとして東悟が跡を継いだ以上、弁護士からもそうしたほうがいいと勧められたのだ。

なにより、東悟自身が『家族にならないか？』と申し出てくれたのに。

「……でも、東悟さんからそうしたいと言ってくれて……」

「そんなの、無理やり言わされたからに決まってるでしょ」

「無理やり……？」

「だいたい、彼みたいな男があなたみたいなお子様に、本気で惚《ほ》れるとでも思ってるの？　笑えるわね」

キツイ言葉を次々と投げつけられて、立ちつくす。

そんな鈴音に追い打ちをかけるように、栞はさらに言葉を続けた。

「もともと社長はゲイじゃないのよ。大学時代から、彼が付き合ってきた相手はみんな長い髪をした、スタイルのいい美人ばかりだったわ。つまり彼の好みは大人の女性ってことよ。それが男の……しかも子供を伴侶にだなんて、本気で選ぶと思うの？」

ショックだった。

だが憎々しげにこちらを見つめてくる栞が、まったくの嘘を言っているようにはとても思えなかった。

もし——栞の言葉が全て本当のことなら、東悟の好みは自分とはまったくかけ離れていることになる。

「もしも……本当にそうなら……、東悟さんはどうして僕と……？」

「さぁ。どうしてなのか、自分で少しは考えてみたらどうかしら？　あなたのご立派で尊大なお祖父様が、この白河グループを彼に継がせるためになにをしたのか。……それを知ったら、彼の両親の墓参りに行きたいだなんて、そんなこと恥ずかしくてとても言えなくなると思うけど？」

そう言い捨てると、栞は荷物を片付けてさっさと部屋から出ていってしまった。

鈴音は一人取り残された部屋の中で、たった今、栞から投げつけられた言葉を繰り返し思い返した。

（——お祖父様が……？）

出会ったときから、東悟はとても優しかった。いつも鈴音を笑わせ、家からほとんど出たことのない鈴音を街へとつれだしてくれた。

祖父を亡くして落ち込んでいたときは、優しく慰めてくれもした。

『これからは俺が傍にいるから』とそう約束もしてくれて……。

だからこそ、グループのためだけでなく、東悟自身が鈴音を望んでくれたのだとそう信じてきたけれど。

突然、投げつけられた疑惑に目の前が暗くなり、足元がぐらついてしまう。

もしかして――祖父は知っていたのだろうか。

鈴音が、出会ったときから東悟にこっそりと淡い恋心を抱いていたことを。

（まさか……そんなはずない）

祖父が突然、『もし儂《わし》になにかあったら、彼が今後お前の後見人となる』と東悟を連れてきたときは、死ぬほど驚きはしたけれど。

（あれが……もしも、偶然じゃなかったとしたら？）

もし自分の気持ちなど、祖父がとっくにお見通しだったのだとしたら。

祖父は、一体東悟になにをしたのだろう……。

祖父が仕事の上では、鬼と囁《ささや》かれるほど厳しかったことは鈴音も知っているけれど。

栞の言葉は、これまで鈴音が漠然と感じていた不安をみるみるうちに膨らませ、『もしかしたら……』という疑惑を大きく広げていく。

まるで綺麗な水面《みなも》にぽつりと落ちた、黒いインクのようだ。

だがどれだけ一人で考えてみても正しい答えなど見つかるはずもなく、鈴音は長いことその場に立ち尽くしたまま、動き出すことができなかった。

三か月ぶりの白河邸はひどく懐かしい匂いがして、鈴音の心を切なくした。

つい数か月ほど前まで、祖父がいた家。あの頃は大勢の使用人や来客で溢れかえっていたこの日本家屋も、今ではどこかひっそりとしていた。

現在は屋敷と庭の管理をしてくれる者しか、ここには残っていないと聞いている。

遠縁の親戚が『もし住む気がないなら、あの屋敷をもらい受けたい』と騒いでいると聞いたが、鈴音にその気はなかった。

なにより今は、この屋敷すらも東悟の管理下にある。

東悟がグループ会社を継ぐと決まったとき、鈴音の財産も含めて彼に全ての管理を任せたから、鈴音の一存でどうこうできるものでもない。

(……結局、東悟さんにはなにも聞けなかった…)

今朝、同じ車でこの屋敷へと送ってもらっている間も、いつも以上に仏頂面《ぶっちょうづら》だった東悟に声をかけることすらためらわれてしまい、結局はなにも聞くことができなかった。

今も東悟は最終的な打ち合わせや、招待客のチェックで慌ただしく働いており、ゆっくり話ができるような雰囲気はまるでなかった。

仕方なしに、忙しく働いているスタッフの邪魔にならないよう、こっそりと庭へ出る。

今日は一年に一度の白河邸での演奏会の日だ。

広く手入れされた庭には、菖蒲《しょうぶ》やツツジ、大輪の芍薬《しゃくやく》や、薔薇《ばら》などが見事に咲き乱れ、一斉に春の訪れを告げている。その庭を眺めながら、クラシックの生演奏を聞くのが毎年の祖父の楽しみだった。

鈴音が東悟と会ったのも、昨年の演奏会でのことだ。

あれから状況はかなり激変したものの、自分が東悟を想う気持ちはなにも変わっていない。

それどころか日に日に彼を愛しく思う気持ちは募《つの》るばかりである。

（でも――東悟さんはどうなんだろう……？）

栞に投げ付けられた言葉が、今も耳にこびりついている。

祖父が白河グループを彼に継がせる条件として、彼になにをしたのか。

気になってはいたものの、日に日に機嫌が下降していく東悟に直接尋ねることはどうしてもできなくて、とうとう演奏会の日を迎えてしまった。

（……ダメだ。しっかりしないと）

今日は祖父が亡くなってから初めての演奏会であり、亡くなった祖父を偲《しの》ぶ会でもある。今回は鈴音もホストとしてもてなす側になったのだから、しっかりしないといけない。

なのに……。

どうしても、あの言葉が気にかかってしまう。

琛が先日、鈴音に叩き付けるようにして告げた言葉。

まるで祖父が、東悟に無理を強《し》いたように話していたことを思い出すと、それだけで気分が暗くなってしまう。

出会ったばかりの頃、東悟は優しかった。

鈴音が風景や花の絵が好きだと知ってからは、この家へ訪ねてくるたび、鈴音の好きそうな画集を買ってきてくれたり、海外の綺麗な景色を収めた写真集をプレゼントしてくれたりもした。

そんな風に優しかったはずの東悟が、いつしか鈴音の前で笑わなくなったのは、やはり祖父が亡くなってからのことだ。

もし――琛の言葉が本当だったなら。

あの優しさも、照れたような笑顔も、全て作られたものだったことになるのだろうか……。

いつの間にか思考が暗くなっていることに気付いて、鈴音はふるりと首を振った。

そんなことはないはずだ。

祖父が亡くなって、悲嘆にくれる鈴音を東悟は優しく慰めてくれた。

『悲しいときは好きなだけ泣けばいい』と、一晩中、鈴音の肩を抱いて背中を撫でてくれもした。ああした気遣いまでもが、演技だったなんて信じられないし、信じたくない。

考え事をしながら懐かしい裏庭を歩きだす。

庭の池までやってきたとき、ふいに背後から腕を掴まれた鈴音は、ぎょっとしてその場で立ち止まった。

「ああ、鈴音！　ここにいたのか。ちょうどよかった。今からお前を捜しに行こうと思っていたところだったんだよ」

「ええと…柏崎《かしわざき》のおじさま。……お久しぶりです」

見れば鈴音の腕を掴んでいたのは、遠縁にあたる知り合いだった。

遠縁とは言っても、母の又従姉妹の義理の兄といったような、鈴音とはまったく血の繋がりすらもない相手だ。それでも柏崎は祖父がいた頃からよくこの屋敷に顔を出していたため、鈴音でも見覚えがあった。

「まったく。お前ともろくろく会えないなんて、新しい総裁となったあの男は本当に嫌味なヤツだな。新居を訪ねても、門前払いで顔すら見せずに……」

「え…？　うちに来てくださっていたんですか？」

どうやら引越祝いを兼ねて、柏崎は鈴音と東悟が住む家を、何度か訪れてくれていたらしい。

「すみません。僕はお祖父様の四十九日のあとから体調を崩して、長いこと伏せってしまっていたので……」

「ああ、そうだったのか。それは大変だったな。それで、もう元気にはなったのか?」

「はい。おかげさまで」

柏崎は『そうか。そうか』と頷きながら、あたりをきょろりと見渡したあとで、声を潜《ひそ》めて顔を近づけてきた。

「ところでな、鈴音。高崎にある子会社のことなんだが、なにか聞いてないか?」

「高崎のって……もしかして、おじさまが任されている会社のことですか?」

「ああ。どうやら今度の総裁はかなりのケチらしくてな。思うように利益の上がらない会社は全て潰《つぶ》すか、従業員のクビを切るつもりでいるらしいと噂があって……」

「クビ……」

詳しいことはよく分からないものの、あまり穏やかな話ではなさそうだ。

「お祖父さんの時代から、真面目に働いてくれたものも大勢いるんだ。私はあそこの責任者として、そんな彼らを見捨てる訳にはいかないんだよ。会社を潰されたら、困る人間は大勢いる。……なんとかお前から東悟君に、強引な人事やおかしな改革はやめるようにと頼んではくれないか?」

柏崎の表情は必死で、どこか目が血走っていた。

どうやらかなり切羽詰まった状況らしいのだが、残念ながら鈴音ではどうすることもできない。

「……あの、すみません。僕は、会社のことはなにも分からないです。そういう話でしたら、東悟さんに直接お話ししていただいた方が……」

「あの男じゃ話にならないから、こうしてお前に言ってるんじゃないか！」

いきなりの大声に、びくりと肩を竦ませる。

そんな鈴音に柏崎はさらに一歩詰め寄ってきた。

「いや、大きな声を出して悪かった。……なら、そうだ。前にも話したことがあっただろう。この屋敷を手放すっていう件はどうなったんだ？」

「この家を……売るってことですか」

「ああ。ちょうど今、いい話が来ているんだよ。ここは都内でも静かな場所だし、駅からも近い一等地だろう。それに駅前の再開発も計画されてる。数年後には新しい地下鉄の駅が近くにできるそうなんだ。今からそれを見越して、大型マンションの建設を……」

「待ってください。この家を売るつもりはありません」

まるですでに決まったかのように語る柏崎に、鈴音は慌ててストップをかけたが、柏崎はそれが気に入らなかったらしい。

鼻白んだ様子で、鈴音を見返してきた。

「どうしてだ？　こんなバカでかい屋敷なのに、今は誰も住んでいないじゃないか。こんな……年に一度の演奏会のためだけに、残しておいてなんになるんだ？」

「でも、ここは祖父が愛した家です。庭も丹精込めて、綺麗に造られていますし。お祖父様が亡くなられたばかりなのに、まだそれを更地《さらさ》になんてできません……」

鈴音が首を横に振った次の瞬間、柏崎は顔をみるみるうちに真っ赤にして、烈火の如く怒り始めた。

「身内がこうして頭を下げ頼んでるっていうのに、なぜそんなに我が儘ばかりが言えるんだ？　ああ？　所詮はお前も、あのクソジジイの孫だな！」

「……え？」

「お前らは……自分たちさえよければそれでいいんだろう！　だいたいなんで長年あのクソジジイの下で黙って耐えてきた俺たちじゃなく、よそ者のあの男がいきなり白河グループを仕切ってるんだ？　ええ？　おかしな話だろう！　お前だって、直系の孫だ、澄子さんの子供だといったって、父親はどこの馬の骨とも分からない男の子供じゃないか！」

柏崎とは過去に数回顔を合わせた程度の関係だったが、いきなりこんな風に罵《ののし》られるとは思っていなかった分、ショックだった。

しかも自分のことだけならばまだしも、母や父、ひいては亡くなった祖父のことまで口汚く罵る柏崎に、鈴音は言葉をなくして立ち尽くした。

だがそんな鈴音の前で柏崎は顔をますます歪めると、唾を吐く勢いでさらなる呪《のろ》いの言葉を吐き続けた。

「あのクソジジイもクソジジイだが、お前もお前だな。金にあかして好きな男まで買ってもらって、それで恥ずかしくないのか」

(金で、買ってもらった……?)

柏崎の言葉の中に聞き流せないものを聞いた気がして、鈴音は目を見開く。

「俺はずっと、あのクソジジイの下で黙って仕えてきたんだ。少しぐらい、いい目を見たって……」

「痛っ……」

柏崎に握られたままの腕が痛くて、『あの……、手を離してください』と腕を引いたが、柏崎は意地になったようにますます鈴音の腕をきつく摑んできた。

その思い詰めたような顔つきに、ぞっとする。

「なにしてるんだ⁉」

柏崎がさらに鈴音の前に出ようとしたそのとき、がさがさっと草の割れる音がした。

はっと振り返れば、怖い顔をした東悟がこちらに向かって歩いて来るのが見えた。

それまで目を血走らせてぶつぶつと文句を言っていた柏崎の顔から、すっと血の気が引いていく。同時に鈴音の腕を摑んでいた指から力が抜けていくのを感じて、鈴音は慌ててその手を引いた。

「あ、あの……社長」

「おや、柏崎さん。ここでなにをしているんですか？　うちの鈴音になにか用でも？」

「い……いや。久しぶりに鈴音さんの姿をお見かけしたから、ちょっと挨拶をと思いまして……」

「へぇ。そうですか。鈴音は嫌がっていたように見えましたが？」

「えっ？　いや、そんな……まさか」

東悟の冷ややかな視線に竦みあがった柏崎は、『いや、鈴音さんもお元気になられたみたいでなによりですな。じゃ、じゃあ私はこれで……』と慌てふためき、離れていった。

先ほどまでの勢いはどこへやら、脱兎《だっと》の如く逃げだしたその後ろ姿にほっと息を吐く。

摑まれていた左腕をそっと指で擦っていると、無言のまま近づいてきた東悟がぐいと鈴音の腕をとった。

「痛めたのか？」

「……平気です」

着物の袖をまくった東悟は、少し赤くなっている鈴音の白い腕を見て、目を細めた。そうして、その具合を確かめるように指先で鈴音の腕をゆっくりと辿《たど》っていく。

こんな風に彼から労《いたわ》るように触れられたのは久しぶりで、鈴音は思わず赤くなると同時に息を吞む。

「あの……」

「なんだ」

「……さっき、柏崎さんが口にしていたクソジジイって、やっぱりお祖父様のことですよね」

「だろうな。……別にいいんじゃないか？　影でそう呼ばれることを、本人も密《ひそ》かに喜んでいたようだし。実際に、そのとおりの人物だったわけだしな」

東悟が言うように、源一郎はかなりの偏屈屋で、頑固《がんこ》の上、気性も荒っぽい人物だった。ビジネス面では敵も多く、その容赦のないやり方で同業者からはかなり恨《うら》まれていたという話も聞いている。

東悟とも、そう親しかったわけではないらしい。

だからこそ……不思議だったのだ。

なぜ東悟が、いきなり源一郎の跡を継ぐことになったのか。

「東悟さんは……どうして、自分の作った会社を辞めてまで、白河グループに入ろうと思ったんですか？」

「ああ？　いきなりなんだ？」

「いきなりじゃありません。……ずっと、不思議でした」

珍しく鈴音が食い下がってきたことが不可解だったのか、東悟は切れ長の目を訝《いぶか》しげに細めた。

「今は、そんな話どうでもいいだろう。そろそろ客が到着する時間になる。お前もさっさと着替えて、栞と一緒に出迎えを……」

話の矛先《ほこさき》を変えられた上に、栞の名を出されて、鈴音は生まれて初めてカッと腹の底が熱くなるのを感じた。

屋敷へと連れ帰ろうとする東悟の腕を振り払うようにして、すっと離れる。

東悟の手にいまだけは触れられたくなかった。

まさか鈴音のほうから腕を振り払われるなどと考えたこともなかったのか、東悟は呆気《あっけ》にとられた様子でこちらを見下ろしてきた。

「……東悟さんは、もともとはゲイじゃなかったと聞きました」

気が付けば栞から告げられた言葉が、口を突いて出ていた。

いきなりの鈴音の言動が理解できないのか、東悟は眉を寄せて口をむっと引き結んだままだ。

そのむっとした表情に震えそうになりながらも、鈴音は思い切って先を続けた。

「学生だった頃から、東悟さんが付き合っていたのは……、いつもスタイルのいい、大人の綺麗な女性ばかりだったって……」

そう……たとえるならば、大輪の薔薇を思わせる栞のような。

ちっぽけで細いだけの自分とは、まるで違う。

「くだらんな」

だがそんな鈴音からの精一杯の質問を、東悟は溜め息と共に一蹴《いっしゅう》した。

（くだらない……？）

東悟は否定もしなかった。そのことが激しく鈴音を打ちのめした。

その上、『くだらない』の一言で片づけられてしまったことに、震える息を呑む。

「……どうしてなんです？　もしそれが本当のことなら、どうして東悟さんは僕を伴侶になんて選んだんですか？」

それはこの数か月、鈴音がずっと聞きたくて、どうしても聞き出せなかった一言でもあった。

聞いてしまったら、今まで信じていた全てのことが、覆されてしまうような気がして。

「さっきから、一体なんの話なんだ。このクソ忙しいときに……」

「お祖父様が、東悟さんに出した条件って……なんなんですか？　もしかして東悟さんのご両親のことに、なにか関係があるんですか？」

そう口にした途端、ぴりっとその場の空気が震えた気がした。

真顔になった東悟が、こちらをじっと睨み付けてくる。

こんなにも強い視線で彼から睨まれたのは初めてだ。まるで挑むような……。

「……誰になにを吹き込まれたかしらんが、お前が知る必要はない」

言い切られたその声の冷たさに、ぞっとした。

東悟のこんな声を聞いたのも初めてだ。

その視線と冷たい声に、氷水が入ったバケツを思い切り頭の上でひっくり返された気分になり、鈴音はぶるりと身を縮ませた。

「どうしてですか？　僕はあなたのパートナーなんですよね？」

それでも必死に食い下がる。

すると東悟は目を細め、ふっと鼻先で笑った。そのどこか小馬鹿にしたような表情に、ますます鈴音は焦《あせ》りを覚えた。

「ああ。そうだな」

「なら……ちゃんと教えてください。さっきも……柏崎のおじさんは、東悟さんのことを『金で買った男』だと言っていました。……そんなわけないですよね？」

東悟は自分の会社を友人達と立ち上げて、急成長させた男だ。

鈴音と出会う前から彼の部下は大勢いたし、会社の業績も順調だった。

東悟が白河グループに引き抜かれたあとは、以前の会社は大学時代の後輩があとを引き継いでいるが、今でもＩＴ企業の中ではかなりの優良株なのだと聞いている。

そんな彼が、お金に困っていたはずはない。

（なのに、どうしてそんなことを言われてしまうのかが分からない……）

縋《すが》るように見つめる鈴音の前で、東悟は肩で大きく息を吐き出すと、その前髪をめんどくさそうに掻《か》き上げた。

「だからなんだ？」

「……え……？」

「それがもし仮に本当だったとして、一体、なにが変わるんだ？」

「ど……いう、意味ですか……？」

「俺の好みがどんな女かなんて、お前には関係のない話だろう。たとえ男でも女でも、お前が白河翁の孫であることに変わりはないしな」

　東悟が吐き捨てた言葉の意味が理解できないまま、呆然と立ち尽くした。

（……つまり東悟さんにとって大事なのは、僕がお祖父様の孫かどうかってことだけ？）

　身体中から、ざっと血の気が失せていくのが分かった。

　そんな鈴音の前で、なぜか東悟は『…クソッ』と低く毒づくと、面倒くさそうに右手で髪を掻きむしった。

「俺が、あのクソジジイとどんな取引をしたかなんて、お前が知る必要はないんだ。……この結婚がママゴト遊びの延長だとしても、これまでどおり付き合うだけだしな」

「……ママゴト、遊び……？」

「俺は白河グループに責任者として入った以上、会社は存続させていくつもりだし、約束も守る。……あのクソジジイの思惑どおりになるのは、心底ムカツクがな。お前はその唯一の跡取りとして、今後も俺の隣でにこにこ笑っていればそれでいいんだ。面倒なことをいちいち口にするな」

なにを言われているのか、よく分からなかった。

苛立つような東悟の声が遠くから聞こえて、鼓膜をすり抜けていってしまう。

手を伸ばせば、すぐそこにいるはずなのに。

（まるで……知らない人みたいだ……）

苛立つような声も、その冷めたような視線も。

今まで鈴音が知っていた東悟とはあまりにも違いすぎていて、頭の理解が追いついていかない。

分かっているのは、東悟は鈴音とのこの関係を好ましく思ってはいないというそのことだけで……。

（全部が、嘘だったんだろうか……？）

鈴音と初めて出会ったときに東悟が見せた、照れたようなあの悪戯っぽい微笑みも。

祖父が亡くなったとき、ずっと背を撫でてくれていた温かな腕も。

『鈴音』とベッドの中で優しく呼んでくれた、あの優しい声も――。

全部が全部……まやかしだったということなのか。

（……僕との結婚は、ママゴト遊びなのだと……そう言っていた）

鈴音を一生の伴侶にと望んでくれたことや、家族になろうと言ってくれたことも。

全部、祖父との取引があったからなのか……。

考えれば考えるほど、なにも分からなくなっていく。

地面に突然、ぽっかりと大きくて暗い穴が空いたような心地で、鈴音はじっと自分の足元を見つめた。

今、自分がここに立っていることが信じられない。

こんなにも……胸が苦しいのに。今にも止まってしまいそうなほど。

「おい……鈴音？」

鈴音の様子がおかしいことに気が付いたのか、東悟がこちらに手を伸ばしてくるのを目にして、鈴音は無意識のまま一歩後ずさった。

一瞬、シンと耳が痛いほどの沈黙が落ちる。

その空気を割るように、ふいに涼しげな電子音が鳴り響いた。東悟が持っていた携帯電話からだった。

東悟は小さく舌打ちするとともに胸ポケットから携帯を取り出し、画面に映った名前を見て眉を寄せた。

「……なんだ？」

『社長！　どこで道草食ってるんですか！　そろそろ時間です。お客様が到着し始めていますので、早く母屋のほうに戻ってください』

「ああ。分かった。今から戻る」

電話の相手は、彼の秘書の佐々木だろう。

「時間だ。そろそろいくぞ」

「……先に、戻ってください。僕は……着替えてからいきますから……」

さすがに今この場で、無理やり連れて帰る気にはならなかったのだろう。

東悟は鈴音の言葉に一瞬、躊躇《ためら》うような様子を見せつつも、『なるべく早く来い』とだけ言い置いて、先に母屋に向かって歩いていった。

その広い背中を見送りながら、鈴音は『あの日と同じだな……』とそんなことをぼんやりと思う。

パーティから逃げ出してきたはずの東悟と、裏庭でその背中をこっそり見送っていた自分。

あのときは、今すぐにでも東悟の背中を追いかけて行きたかったけれど。

――今はその逆だ。

無理だと思った。

(東悟さんが僕を選んだ理由が、お祖父様との契約のせいだったのなら……僕はもう、彼の傍にはいられない)

だんだんと遠くなっていく愛しい男の背中。

それをじっと見送りながら、鈴音は小さく息を呑みこむと、ぎゅっと強く目を瞑った。

「……あれ？」

苦労してようやく辿《たど》り着いた懐《なつ》かしいはずの場所で、鈴音《すずね》は激しく混乱していた。

田舎町の小さな駅前が、すっかり様変わりしていたからだ。

子供の頃、母といつも手を繋いで歩いた古ぼけた商店街通り。

その面影は消え失せ、代わりに駅前にそびえていたのは、三階建ての大型のショッピングモールと有名チェーン店のコンビニだ。

近代的になったと言えば聞こえはいいが、どこかノスタルジックだった街並みがいつの間にか消えていたことに、鈴音はいいようのない寂しさを覚えた。

（仕方ないか。あれから十年以上も経《た》ってるんだから……）

その変化に圧倒されつつ、駅前通りを進んでいくうちに、やがて鈴音は見覚えのある小さな河原に出た。

思い出を頼りに河原沿いを歩いて行く。すると車が二台ようやくすれ違えるくらいの小さな橋へと辿り着いた。

橋を渡ってしばらく進んでいくうちに町の景色はだんだんと変わっていき、ふいに広々とした田んぼの光景が目の前に広がった。

「あ……」

あちこちに住宅が増えてはいたものの、大きく変化したのはどうやら町の中心部だけらしい。駅から少し離れた途端、昔と変わらぬ田園風景が広がっていたことに、鈴音はほっと胸を撫《な》で下ろした。

(たしかあの角を曲がれば公園で、その裏手にアパートがあって……)

子供の頃、母や父と暮らしていたはずの小さなアパート。記憶の中にある青い屋根の建物を目指して、小走りに駆けていく。

だが公園に辿り着いても、思い出の中の建物はどこにも見つからなかった。

「……嘘……」

アパートがあったはずの場所は、今では駐車場となっていた。

見る影もなくなった更地《さらち》の前で、鈴音は呆然と立ち尽くす。

考えてみれば、鈴音たち親子が住んでいたときから、かなりのボロアパートだったのだ。駅前だってあれほど変わっていたのだから、これも当然の結果だろう。

そう頭で分かっていても、やはり実際になにもない様子を目にしてしまうと激しいショックを覚えた。

(まさか……あのアパートまで消えてしまっているなんて)

最後の心のよりどころまでも失ってしまったようで、鈴音は放心したまま、長いこと駐車場の前で立ち尽くしていた。

「そんなところで、なにをぼーっとしてるんだい」

思い出の場所を見つめながら、公園のベンチにじっと座り続けていた鈴音は、ふいにかけられた声にのろのろと顔を向けた。

どことなく見覚えのある老女がいた。歳は七十を過ぎているだろうか。

麦わら帽子に、長袖《ながそで》エプロンと袖カバー。絵に描いたような農作業スタイルの女性は、まるでうさんくさいものでも見るような目つきで、じろじろと鈴音を上から下まで見つめてきた。

「まったく。いい若いもんが、昼間っからただぼーっとしてるとは呆《あき》れるね。あんた、私が畑仕事に行く前からずっとそこに座ってただろう。この炎天下に、帽子も被《かぶ》らずそんなカッコで何時間もいるだなんて、よっぽど頭が足りてないのかい？」

「え……。あ……頭？」

突然、矢のように浴びせられた毒舌に頭がついていかない。

これまで鈴音の周りには、こんな風にズケズケと物をいう女性はいなかった。

「もし行き倒れるつもりならヨソでやっとくれ。うちの近所でのたれ死にでもされたら、いい迷惑だよ」

どうやら老女は、この近くに住む住人らしい。

それに弾《はじ》かれたように立ち上がった鈴音は、彼女に詰め寄った。

「あの……、以前ここに建っていたアパートのこと、なにかご存じじゃないですか？　二階建てで青い屋根の……」

だがそう言いかけたところで、突然、目の前がすっと暗くなるのを感じた。

足元がぐにゃりと歪《ゆが》み、ズキズキとした鋭い痛みが目の奥から走り抜けて、立っていることもままならなくなる。

（あ……）

立ちくらみのような感覚に、慌《あわ》てて背後のベンチに手をつく。

すると思ったよりもずっと力強い老女の手が、鈴音の背をぐっと支えてくれた。

「ほら……いわんこっちゃない。ちょいとこれ被ってついてきな」

彼女はそれまで自分が被っていた麦わら帽子を鈴音の頭にのせると、ふらつく鈴音の手を引くようにして、先をスタスタと歩きだした。


老女に手を引かれて辿り着いたのは、木造の古い一軒家だった。

日陰となった長い縁側に、鈴音は有無を言わずに座らされる。

どうやらここが彼女の家らしい。

なるほど、たしかに公園とは目と鼻の先だ。

鈴音がぼうっとしている間にも老女はてきぱきと動き、やがて部屋の奥から水の入ったコップと濡れた手ぬぐいを持ってきてくれた。

首筋へ押し当てられた手ぬぐいの心地よい冷たさに、鈴音はほうっと息を吐《つ》く。

「……ありがとうございます……」

「いいからこれを飲みな。いっきにじゃなくて、ゆっくり飲むんだよ」

手渡されたコップの中の水は、生ぬるかった。

吐き気を堪《こら》えつつ、なんとか水を口に含んだ途端、それまで忘れていたのが嘘のように、いっきに喉の渇《かわ》きを覚える。

彼女のアドバイスどおり少しずつ飲み、やがて空になったところでもういっぱい水をもらった。

「このくそ暑いのに、そんな襟元までかっちりとしめた着物なんか着てるからだよ。とっとと着替えて、そこに横になりな」

差し出された服は、どうやらこの家の誰かのものらしい。洗いざらしの白いシャツとズボンは綺麗《きれい》に洗濯され、丁寧《ていねい》に畳《たた》まれていた。

「……これ、お借りしても……いいんですか？」

「聞こえなかったのかい？　それともあんたは、このもうろくしたババアよりも耳が遠いのかい」

ジロリと睨《にら》み付けられ、慌てて首を横に振る。

その強い視線に気圧《けお》されるように、鈴音は急いで服を着替えた。

どうやら服の持ち主もそれほど大柄ではないのか、シャツは肩幅と袖が少し余るくらいで無事着られたものの、麻地のズボンはさすがに腰がかなりぶかぶかだ。

それでもありがたく服を借りた礼を言い、指示されたとおり畳の上でごろりと横になると、縁側からは心地よい風が吹き込んできて、それが気持ちよかった。

（……あれは）

すぐ近くから聞こえてくる大合唱は蛙の鳴き声だろうか。初夏を楽しむように、今が盛りと鳴き続けている。

こんな風に、虫や蛙の鳴き声を意識したのはいつぶりだろうか……。

祖父が倒れて以来、もうずっと気を張っていたような気がする。

東悟はいつも忙しそうで会話もままならなかったし、鈴音が体調を崩《くず》してからは、ずっと寝室も別のままだった。

彼が用意してくれたあの洋館は広すぎて、いつまで経ってもよそよそしく、どうしても自分の家のようには感じられなかった。

　そうして……優しく吹き込む午後の風に誘われるように、いつしか鈴音はそのまま眠りについていた。


　虫の音《ね》に目を開けたとき、すでに外はとっぷりと日が暮れていた。

　いつのまにか縁側の窓も閉められており、鈴音の額《ひたい》の上には濡れた手ぬぐいが、腹の上には大きめのタオルケットが一枚掛けられていた。

「……目がさめたのかい」

　どうやら自分は熱中症を起こしかけていたらしい。

　ズキズキとしていたはずの頭の痛みも今はもうすっかり治まっていた。

「まったく。あんまりにも起きないもんだから、そこでお陀仏《だぶつ》してるのかと思ったよ」

「あ……あの、すみません。すっかりお世話になってしまって……」

　慌てて起き上がり、世話をかけてしまったことを謝ると、彼女は仏頂面《ぶっちょうづら》のままよく冷えた麦茶を差しだしてくれた。それをありがたく受け取る。

（なんだか……分かった気がする）

　目の前の老女は口こそ悪いが、きっととても優しくて世話焼きな人なのだろう。

じゃなければ、見ず知らずの鈴音にここまで親切にしてくれるはずがない。

「で？　あんたがさっき言いかけてた話だけど、アパートがどうのって……なにが聞きたかったんだい？」

「あ……そうでした」

『あのアパートはいつごろ、なくなったんですか』と尋ねると、老女はなんでそんなこと聞きたいのか分からないと言った顔つきで、眉を寄せた。

「さぁ……七年か、八年か。どっちにしろもうかなり前の話だよ。なんだい、今さらになって。あんた、あんなオンボロアパートになんの用だい？　住人の知り合いかね？」

「いえ……知り合いではなく……。以前、母とそこに住んでいたことがありまして……」

鈴音は遠い記憶を掘り起こすように、父が事故で亡くなってからも母と二人でそのアパートに暮らしていたこと。その後、母まで倒れてしまって出て行かざるをえなかったことを説明すると、目の前の老女は驚いたように皺《しわ》の寄った小さな目を見開いた。

「なんだ。あんた……もしかして、澄子《すみこ》さんのところの子かい？」

「え？　母のことご存じなんですか？」

「ご存じもなにも、あんたたち親子に部屋を貸してたのはうちだよ。あんた、ちっちゃい頃は『すずちゃん』って呼ばれてただろう。うちの孫ともよく遊んでたの覚えてないかい？」

驚いた。あのボロアパートを貸していたのが目の前の人物だったとは。

らしかった。
島崎《しまざき》フジと名のった老女は、農業をする傍らどうやらこのあたり一帯の土地を管理している
「大家さん……だったんですか……」
「大家なんてたいそうなもんじゃないけどね。農業だけじゃ安定した収入にはならないってん
で、うちのご先祖様が学生向けの下宿屋を始めた名残《なごり》だよ。それもあんたたち親子が出て行っ
たあとは、すぐに畳んじまったしね」
「そうだったんですね……」
できることなら母と暮らした思い出の場所にもう一度行ってみたいと願いつつも、今日まで
一度も足を運ばなかったことが、今さらながらに悔《く》やまれる。
祖父がいい顔をしないと分かっていたから、結局ここに来るまで何年もかかってしまった。
「澄子さんのことは残念だったね。……まだ幼いあんたを残していくのは、随分と心残りだっ
たろうに」
フジがぽつりと告げた言葉に、胸がじんと熱くなった。
どうやら母がアパートを出てから間もなく亡くなったことは、彼女も知っていたらしい。
「ありがとうございます。でもその代わりにお祖父様が……、祖父がいてくれたので」
「ああ。あの頑固《がんこ》者だって噂《うわさ》の、澄子さんのオヤジさんか。で？　そのジイさんは、今でも元
気なのかい？」

「いえ……三か月ほど前に、祖父も亡くなりました」

祖母は鈴音が生まれる前に他界してるし、父方の親戚についてはよく分からないため、結果として鈴音の親しい身内は誰もいなくなってしまった。

それを告げると、それまで仏頂面だったフジはふっと顔を曇《くも》らせた。

「……そうだったんだね。それで……あんたは？　今さらあんなボロアパートにやってきて、どうするつもりだったんだい。そんな思い詰めたような顔で、わざわざこんな田舎までやってきたぐらいだ。それなりにわけがあるんだろ？」

（……ここまでやってきた、わけ……）

自分でも理由はよく分からぬまま、ただ母との生活を懐かしく思い、縋《すが》るようにここへきてしまったけれど。

「多分僕は……できるなら、あのアパートにもう一度住みたかったんだと思います……」

その思いが密《ひそ》かにあったからこそ、無意識のままここにきたのだろう。

だがそう吐露《とろ》した途端、フジはますます不可解といった顔で眉を顰《ひそ》めた。

「あんなボロアパートに、あんたみたいな今時の若い子が住むつもりだったのかい？　酔狂《すいきょう》だねえ。だいたいあんたなら、いくらでも他に住む場所くらいあるだろうに」

「……行くあてなんて、どこにもありません……」

思わずぽつりと呟《つぶや》く。

(そうだ……。自分にはもう、どこにも帰る場所なんてない)

唯一……伴侶になれたとそう思い込んでいた東悟《とうご》も、結局は祖父との契約でしかなく、鈴音の独り相撲だったと分かった今では、帰りを待つ相手すらもういなくなってしまった。

——行くあてがどこにもない。

改めて口にした途端、その孤独がずしりと胸に重くのし掛かる。

そんな鈴音の前でしばらく黙り込んでいたフジは、やがて口を開いた。

「あんた、仕事はなにをしてるんだい？」

「え……？　いえ、今はなにも……」

「じゃあ、一体なにができるんだい？」

(——なにができる？)

今まで祖父にも東悟にも、『ただお前は家で笑っていればいい』と言われるだけで、自分になにができるかなんて、考えたこともなかった。

「特にはなにも……。あ、絵を描くことと、ピアノとバイオリンの演奏でしたら少しは……」

「使えないね」

溜め息交じりにばっさりと言われて、ぐっと言葉を詰まらせる。

自分でも分かっていたこととはいえ、面と向かってこうもはっきり『使えない』と言われてしまうと、さすがにショックだ。

落ち込む鈴音を見つめたまま、フジは仏頂面のまま大きく溜め息を吐き出すと、やがてぽそりと口を開いた。

「部屋ならあるよ」

「え……?」

「残念ながら、あのアパートじゃないけどね。裏にある平屋ならあいてるよ。昔、うちの息子夫婦が住んでた離れだ。今は都会に引っ越しちまったから、ただの物置になってるけどね。ときどき孫が泊まりにくるとき使ってるだけだが、まだ十分に暮らせるよ」

「本当ですか?」

思いもかけない言葉に、鈴音は目を輝かせた。

どうやらフジは、鈴音に部屋を貸してくれるつもりでいるらしい。

(あ……でも……)

「……ごめんなさい。今は借りるためのお金を持っていません。……ここにくる途中、鞄《かばん》をなくしてしまって」

今さら、隠したところで意味もない。

ほぼ着の身着のままで、他にはなにも持っていないことを伝えると、フジはますます呆れた顔で溜め息を吐き出した。

「呆れたね。それで、どうやってここまできたんだい?」

「……お金は少しだけ、持っていたので」

母と暮らした懐かしい土地の駅名だけは覚えていたため、あとは人に話を聞きつつ、慣れない電車をのりつぎながらなんとかここまで辿り着けた。

フジの申し出はとてもありがたかったが、先立つものがない以上、部屋を借りることはできないだろう。

（ほんと……僕は役立たずだ……）

そう思うと、目の前が暗くなっていく。

だが。

「あの……お願いします！　仕事はできるだけ早く探すつもりでいます。なので……もしよかったら、そのお部屋を僕に貸していただけないでしょうか？」

鈴音は正座に座り直して畳に手をつくと、その場で深く頭を下げた。

非常識なお願いをしていることはよく分かっている。それでも今はこのチャンスを逃したくはなかった。

「あんた……仕事って、こんな田舎でなにをやるつもりだい？」

「それは、まだなにも……」

自分になにができるのかも分かっていない。

それでも家には戻れない以上、なんとかして働くつもりではいた。

「……どんな仕事でも、やる気はあるのかい?」

フジは頭を下げたままの鈴音の前でしばらく黙り込んでいたが、やがて再び深い溜め息とともに口を開いた。

「え……?　はい。それはもちろん」

「それがたとえば、きつくて汚い仕事でもかい?」

「はい。構いません」

自分はこれまで一度も働いた経験がない。資格もなにも持っていない。

それですぐにまともな仕事に就《つ》けるほど、簡単な世の中じゃないことぐらいは、鈴音にだって分かる。

――これまではずっと祖父や東悟に守られて、自分では指一本すらも動かさずに安穏《あんのん》とただ生きてきた。

それでもこれからは……誰にも頼らず、自分で生きていかなければいけないのだ。

そのためならトイレ掃除でも、ゴミ拾いでも。自分にできることなら、なんでもするつもりだ。

覚悟を込めてこくりと頷くと、フジは鈴音の顔をじろっと見つめたあと、すたすたと玄関先に向かって歩き出した。

「なら、ついておいで」

「すず！　鈴音！」

「はーい」

古い平屋の奥から聞こえて来たフジの声に、鈴音は箒《ほうき》を持っていたその手を止めた。

台所からひょこりと顔を覗《のぞ》かせたフジは、いつもの仏頂面である。

「そこが終わったら、鶏《とり》小屋のほうも頼むよ」

「はい」

「それと、納屋《なや》から収穫用の竹籠《たけかご》も出しといとくれ」

「分かりました」

フジの言葉に頷きかえし、鈴音は再び竹箒を動かす手を速めた。

ざっざっと小気味いい音を立てながら、玄関の周囲に落ちた葉をひとつひとつ丁寧に掃き清めていく。

地面に落ちた葉を綺麗に掃き集めるには、竹箒が一番だと教えてくれたのはフジだった。

風向きに逆らわず、一方向へとゴミや葉を集めていくやりかたも。

掃除だけじゃない。洗濯や食器洗い、食事の支度《したく》にいたるまで、フジはどれも丁寧にかつ厳しく鈴音に教えてくれた。

昔気質のフジは、いい加減な仕事は決して許さない。

庭掃除にしても、廊下の水拭きにしても、全てに手を抜かずピカピカになるまで何度でもやり直しさせられる。

おかげで鈴音も今ではそれなりに、一通りの家事ができるようになっていた。

玄関先を綺麗にしたあとは、小さな籠を持って鶏小屋へと向かう。そこには先ほどよりも小さなサイズの箒が備え付けてあり、それを手に持った鈴音は、扉の前で小さく息を飲み込んだ。

「よし」

鶏小屋に入る前は、いつも少しだけ緊張する。

動物の世話などこれまでに一度もしたことがなかったし、動き回る鶏をこんなに間近で見たのも初めてだ。

十数羽ほどいる鶏にエサをやり、水を取り替え、彼らがエサに夢中になっている間に、床を掃き清めていく。

ついでに寝床となっている藁《わら》を替えてやると、藁と藁の隙間《すきま》から茶色く色づいた綺麗な卵が出てきた。

「わ……。今日は五つもある」

あの小さな鶏たちから、こんなにも大きな卵が生まれているのを目にするたび、鈴音は毎回とても不思議な心地になる。

そっと手にとると、産みたての卵はまだほんのりと温かかった。

『ありがとう。いただきます』と小さく礼を言い、籠へと並べていく。あとは綺麗に藁を敷き直せば掃除は終了だ。

この一連の作業が、初めはどうにも手早くできなかった鈴音は、何度も鶏たちに突《つつ》かれた。人間をまったく恐れていない彼らは、新参者《しんざんもの》の鈴音のことなど完全に舐《な》めきっているのだ。鋭い爪をたてて肩や頭の上に乗られたこともあれば、嘴《くちばし》で突き回されたこともある。それから考えれば、今ではだいぶ手際がよくなったと思う。

鈴音がここにきて、そろそろ二か月近く。

その間、鈴音は自分がどれほど世間知らずの役立たずであるかを、何度も繰り返し嫌と言うほど思い知らされた。

鈴音に、住むための部屋と仕事を与えてくれたのもフジだった。

今年七十五になるフジはかくしゃくとしており、今でも大きな田畑を管理する現役農家である。

その農家の補助として、鈴音は雇《やと》われたのだ。

生まれて初めて体験する仕事は、なにもかもが見知らぬことばかりで、覚えなければならないことが山のようにあった。

畑を耕し、作物を植え付け。水やりや日よけづくり、収穫、出荷と、よくこれだけの仕事をフジ一人でこなしてきたものだと、心から感心してしまう。

フジに雇われた一日目。

鈴音の初めての仕事は、荒れた畑の草むしりから始まった。

抜いても抜いても雑草はなくならず、ときおり土から顔を出すミミズや芋虫を見かけるたび、驚いてその場で飛び上がった。

草を抜いていた手はあちこちが切れてしまい、爪の間は入り込んだ土で黒く染まった。

フジには『バカだね。なんのために軍手があるんだい』と叱られたが、それも気にならぬほど、熱心に鈴音は草を抜き続けた。

夕方、ようやく仕事を終えたときには、しゃがみ続けていた足はがくがくと震え、腰と背中が軋《きし》むように痛んだ。

半分眠りながらフジに作ってもらった夕飯を食べ、風呂に入ったあとのことはほぼ何も覚えていない。どうやら髪を乾かしている途中で、そのまま寝てしまったらしい。

次の日は、朝の四時半に叩《たた》き起こされた。

全身が壁に叩き付けられたかと思うほどあちこちが強《こわ》ばっていたが、それでもなんとか起きだすと、朝食前から畑に出て草むしりを続けた。

一動作ごとに身体がぎしぎしと痛んで悲鳴を上げたが、『どんな仕事でもします』とフジに約束した以上、鈴音は泣き言ひとつ言わずに、もくもくと作業を続けた。

ようやく全ての雑草を抜き終えたあとは、畑の耕し方を教わった。

手押しの耕うん機の使い方を教えてもらい、土を掘り起こしながら、中から出てきた大小の石を丁寧に拾っていく。

『空気をよく混ぜこんだ軟らかな土を作らないと、いい作物は育たないんだよ。農業は土作りが一番大事なんだ』とフジから教えられ、彼女がいいと言うまで何度もやり直しをさせられた。

土が柔らかくなったあとは、茶色い紙袋に入っていた白い粉をまんべんなく畑に撒《ま》くように命じられた。この袋がまた重かった。

「あの……この白い粉って、なんですか？」

「苦土石灰《くどせっかい》だよ」

「石灰って……もしかして学校の校庭にラインを引くときに使う、あれですか？」

「まぁ、似たようなもんだね。これを土によく混ぜ込んでから、また耕すんだ」

「石灰って……肥料とは違いますよね？　なのになぜ撒くんですか？」

鈴音にとって農業はなにもかも未知の世界で、分からないことはたくさんある。

不思議に思って尋ねれば、フジは仏頂面のまま面倒くさそうにしながらも教えてくれた。

「雨はやや酸性だからね。日本は雨が多いから、土が酸性に傾きやすいんだよ。だからそれを石灰で中和してやるのさ。野菜はね、アルカリ性の土が好きなんだ」

実際、学校の授業ではまったく習わないようなたくさんのことを、フジはよく知っていた。

「そうなんですね。……なにも知りませんでした」

「あんたは、本当に知らないことばっかりだね」

「そうですね。……本当に、そう思います」

生きていく上で大事なことを、自分はなにひとつ知らない。

そのことに疑問すら持たず、祖父や東悟に守られるようにして生きてきた。

そんな自分だからこそ、周りからも『世間知らずのお坊ちゃま』だと笑われていたのだろう。

栞《しおり》が呆れた目で自分を見ていた理由が、今になってよく分かる気がした。

そんな自分が東悟の役に立ちたいと思っていただなんて、おこがましいにもほどがある。

(……東悟さんは、多分そういうこともよく分かっていたんだな)

彼は鈴音にはなにもやらせようとしなかった。

ただにこにこ笑って、自分の隣にいればそれでいいと言っていた。

それくらいしか、鈴音にできることはなかったから。

(考えるのはもうやめようって、そう思ってるのに……)

ふと気が付くと、いつの間にかまた東悟のことを考えている。そんな自分が嫌になってしまう。

鈴音はふるりと小さく首を振ると、手に入れたばかりの大事な卵を小脇に抱えて歩き出した。

「よう、すず」

そのとき道路のほうから声をかけられ、ふりむくと若い男が自転車を押しながら中に入ってくるのが見えた。

「おはよ。お前……相変わらず、祖母《ばあ》ちゃんにこき使われてんなぁ」

「竜君《りゅう》、おはよう。……あれ、今日はどうしたの？　大学へは行かなくていいの？」

島崎竜平《りゅうへい》はフジの孫で、鈴音より一つ年上の大学生である。

現在はここから少し離れた大学の寮で生活をしており、ときおりこうしてフジに会いに来るのだ。

「今日の午前中は2コマ休校になったんだよ。せっかくだから、祖母ちゃんの手伝いをしてやろうかと思ってさ。今の時期ってたしか、トマトとマメの収穫中だろ？」

「別に、お前のことなんか誰も呼んじゃいないよ」

朝早くからやってきた孫の声を聞きつけたのか、ちょうど玄関先に出てきていたフジが、仏頂面のままぴしっと告げた。

「またまた、そうやって一人でいきがっちゃって。無理してまた腰痛がでたらどうすんだよ。前にも畑で動けなくなってたくせに」

「えらそうに言うんじゃないよ。だいたいなんだい。お前ときたら、鈴音がうちにきてから、いきなりマメに寄りつくようになっちゃって、まぁ」

フジが目を細めながら毒づくと、竜平はなぜか慌てた様子でぶんぶんと手を振った。

「べ、べつにそんなことはねーよ。ただ俺は、ド素人のすずが、ばあちゃんにまたなにか迷惑かけてるんじゃないかと思ってさ……。なにしろこいつときたら、野菜についてる青虫を見るたび青くなってるわ、米を研《と》ぐのに洗剤をいれようとするわ、鶏に追い回されて卵は割るわで……」

これまで鈴音がやってきた失敗の数々をそうして並べあげられると、自分でも顔を覆《おお》いたくなる。

「……本当にすみません。迷惑ばかりかけてしまって……」

鈴音が深く頭を下げると、竜平は言い過ぎたと思ったのか、急いで首を横に振った。

「いや、ちげーよ？　別に、お前のことを責めようとしたわけじゃなくって……。そ、それに今はだいぶマシになってきたもんな？　卵も割らなくなったみたいだし。な？　ばあちゃんもそう思うだろ？」

フォローのつもりなのか、竜平が同意を求めるようにフジに視線を向けると、フジはふんと鼻を鳴らした。

「まぁ、猫の手ぐらいにしか役に立たないけどね。荷物持ちくらいにはなってるよ」

そっけなくそう告げたあと、フジは『ほら。さっさと家に入って朝ご飯にするよ。お天道様《てんとう》はもう昇ってるんだからね』と家に入っていってしまった。

その後ろ姿を眺めながら、竜平は困った様子でぽりぽりと頭を掻《か》いた。

「ごめんな。……なんか、余計なこと言っちゃって」

まさか謝られるとは思わなかったため、鈴音の方こそ驚いてしまう。

「いいんです。全部、本当のことだし……」

「祖母ちゃんも口は悪いんだけどさ。あれでもすずのこと、すげー気にいってんだよ」

「え…?」

「すずがいつも着てるそのシャツも、もともとは祖父ちゃんのなんだよ」

というこ とはフジの旦那様か。もう十年以上も前に亡くなったという。

「竜君の、お祖父さんの?」

「ああ。祖父ちゃんは、夏でも冬でもいつも白いシャツを着てたんだ。小柄だけど背筋のぴしっとしたカッコイイ人でさ。若い頃は学校の先生やってたらしいよ。祖母ちゃんとは、相惚れのベタ惚れでさ。あの時代にしては珍しく恋愛結婚だったんだって。でも学校の教師なんかやってる優男に、農家の婿《むこ》が務まるかってかなり反対されたんだって聞いてる。そしたら祖母ちゃん、みんなの前で『農家は私が継ぐ。誰にも文句は言わせない』って啖呵《たんか》切って、強引に祖父ちゃんと一緒になったんだってさ」

「そうなんだ…」

その話を聞いて、なんとなく分かった気がした。

駆け落ちをして、なにも持たずに逃げるようにやってきた鈴音たち親子に、フジは優しくしてくれた。

アパートの一室を貸し、母が働いている間は、竜平とともに鈴音の面倒も見てくれた。

大家のおばさんが煮物やおにぎりをよく差し入れてくれたことも、なんとなく覚えている。

あれは……もしかしたら、フジ自身と鈴音の両親を重ねて見ていたからなのかもしれないなと、今さらながらに気が付いた。

綺麗に洗濯されていた白いシャツは、少しだけ肩と腕があまるけれど、いつでも誰かが着られるようにと丁寧に畳まれていた。

そこに込められたフジの気持ちが、なんとなく鈴音にまで伝わってくる。

「いいのかな。そんな大事なものずっとお借りしちゃってて……」

「いいんじゃないの。祖母ちゃんが貸してるってことは、すずなら着てもいいと思ったからなんだろうし。そういうとこ、祖母ちゃんはっきりしてるからさ」

そう言って鈴音の肩をぽんぽんと叩いてくれた竜平の言葉に、鈴音は胸のどこかがじわりと熱くなった気がした。

フジとの生活を始めてからというもの、劇的に変化したのは食生活だ。

さすがは農家だ。これまでは祖父の好みに合わせて、テーブルには決して並ばなかったはずの野菜がところ狭しと並べられた。

トマトやきゅうりなどの生野菜はもちろん、ほうれん草のごま和《あ》えや、セロリとキャベツの浅漬け。味噌汁にはカブやナスがごろごろ入っていたし、大根の葉をごま油とかつおぶしで炒めたものから、ウドやフキの煮付けが出てくることもあった。

鈴音は食卓に並んだ野菜たちを見てさぁっと顔を青ざめさせたが、せっかく作って出してくれたフジの手前、食べないわけにもいかない。

ご飯と味噌汁だけでなんとか凌《しの》ごうとしてみたけれど、フジからは『飯もろくに食わないようなヤツは、畑には出さないよ』と釘を刺され、出された物は全て口にすることになった。

だが実際、思い切って口にしてみたところ、採れたての野菜というのは想像していたよりもずっと味わい豊かで、甘みもあり、美味《おい》しいと感じられるものが多かった。

どうしても苦手だなと感じるものももちろんあったが、思った以上に食べられる野菜の種類が増えたのは、鈴音にとっても大きな収穫だった。

耕うんを終えたあとは、畝《うね》づくりや種蒔きも教えてもらった。

しばらく働いているうちに筋肉と体力がついてきたのか筋肉痛もほぼなくなり、フジが管理しているビニールハウスの収穫も、積極的に手伝えるだけの余裕が出てきた。

休憩の際におやつとして出されるのは、味噌や塩を添えたトマトやきゅうりだ。露地で採れたばかりのトマトの、深みある甘みと酸味。折った先から滴《したた》るほどの水分を含んだ、キュウリの瑞々《みずみず》しさ。

これまで丁寧にカットされた野菜しか目にしたことがなかった鈴音にとって、野菜をそのまま丸かじりするなんて考えたこともなかったが、自分の手でもいだばかりの野菜を、外の風に吹かれながら食べるのは格別に美味しかった。

一番感動したのは、トウモロコシだ。

採ってすぐに塩ゆでしたものを、まるごと一本差し出された。

熱々のそれに火傷《やけど》しそうになりながらもかぶりつくと、これまで口にしたどんなトウモロコシよりも、深い甘みが口いっぱいに広がっていく。

(お菓子とかよりも、ずっと甘くて美味しい……)

こんなにも美味しいものなら、一度祖父にも食べさせてあげたかったと思う。……できれば、東悟にも。

そこまで思って、自分でも『懲《こ》りないな……』と鈴音はこっそり苦笑した。

ポケットの中から取り出した小さな鈴は、家を出たときに鈴音が唯一身につけていたものだ。

東悟のことはもう忘れようと思いつつも、これだけはどうしても捨てきれず、今もよく取り出しては眺めることが多かった。

東悟のことは……自分から離れてしまった今でも、変わらずに好きだ。

生まれて初めて好きになった人でもあるし、ただ一人、鈴音が肌を合わせた相手でもある。

祖父がどんな条件を取り付けて、白河グループと鈴音をまるごと、彼に任せたのかは分からない。

だが彼のような男が自分を伴侶に選ぶだなんて、その不自然さに気が付かないほどに、鈴音は初めての恋に溺《おぼ》れていた。

今から思えば東悟からは『好きだ』という一言すらも、言われたことがなかったのに。

(……そんなことにも、気が付かなかったなんてね)

祖父が亡くなり、鈴音が庭で泣いていたあの夜。

彼は鈴音に『伴侶として、俺と家族にならないか?』と尋ねてはくれたけれど、彼自身が鈴音をどう思っているのかは教えてもらわなかった。

その後もずっと鈴音と一緒に暮らしていたのは、同情だったのか。それとも単に祖父からの言いつけだったのかは、今もよく分からない。

それでもこうして東悟から離れてみて、初めて鈴音は二人の結婚生活がどれだけ歪《いびつ》なものだったかを、次第に感じられるようになっていた。

鈴音が一度疲労と風邪《かぜ》で倒れてからは、特にそうだった。東悟はまるで鈴音とは顔を合わせることすら避けるみたいに、別の部屋で眠るようになった。

鈴音が自分の帰りを待つために起きていることすら、厭《いと》うようにもなった。

(……結婚自体が嫌々だったなら、それも当たり前だよね)

なのに東悟のそうした気持ちにも気付かず、その顔を一目見たいと言ってはまとわりつき、なにもできないくせに彼の役に立ちたいと彼の周りをうろうろしていた自分は、どれだけ滑稽《こっけい》だっただろうか……。

(あ……ダメだ)

途端に鼻の奥がツンとしてきて、鈴音は滲《にじ》んできた熱いものを無理やり飲み干すように、俯《うつむ》いて息を止めた。

一人で見知らぬ部屋で寝ることにも、きつい農作業にも慣れてきたけれど。

それでも東悟のことを考えるたびに、泣けてしまいそうになるのだけはいまだ慣れない。

――彼はぶっきらぼうでも、ずっと優しかった。

優しかったから、自分はそれを愛なのだと勝手に勘違いしていた。

口には出さずとも、祖父が自分を愛してくれていたのは知っていたから、きっと東悟も同じなのだろうと……身勝手にも、そう思い込んでいたのだ。

本当は、迷惑だったかもしれないことにも気付かずに……。

東悟はなにを思って、自分にキスなんてしたのだろう。

男にカケラも興味のないはずの彼が、痩《や》せっぽっちの柔らかくもない男の身体を、なにを思って抱いていたのか。

もしや……ずっと我慢して触れてくれていたのだろうかと思ったら、喉の奥に焼けた石が詰まったように苦しくなった。

鈴音が倒れ、別々の部屋で眠るようになった頃から、東悟は家の中ですら鈴音と顔を合わせるのを避けるようになった。

あれはもう、顔すらも見たくなかったからなのか。

迷惑がられていることに気付きもせず、いつまでもウロウロと彼にまとわりつく鈴音のことが、うっとうしかったからなのか。

考えれば考えるほど、思い当たることはたくさんあって、なのに恋に浮かれていた過去の自分の鈍感さに、身が竦《すく》んでしまいそうになる。

東悟の仕事の忙しさや、自分の体調のせいで別々の部屋で休むようになったことを、鈴音はずっと寂しく思っていたけれど。

（……東悟さんは、心底ほっとしていたのかもしれないな…）

そう思ったら、必死に堪えていたはずの涙がぽろりと一粒、溢れ落ちた。

「……っ」

空は雲一つない晴天のはずなのに、土の上に黒く染《し》みたその雫《しずく》を誤魔化《ごまか》すように、慌ててごしごしと顔を擦《こす》る。

東悟を好きだと思う気持ちすら、彼にとっては重荷だったのかもしれないと思うのは、やはり辛《つら》かった。

手の中で、小さくちりんと鳴り響いた鈴の音が、胸にしんと響く。

以前はこの音を聞くたび、東悟のことを思って嬉しくなったけれど。

今ではまるで小さな悲鳴のように思えて、切なくなる。なのにそれでもどうしても手放せない自分は、やっぱり愚《おろ》か者なのだろう。

彼の黒い瞳《ひとみ》や、艶《つや》やかな黒髪。

背中を優しく撫でてくれた、温かな手のひら。

それらがたまらなく恋しいだなんて、本当にどうかしている。

——彼の心が自分にはカケラもなかったことを、もう十分に知っているのに。

「すず！　いつまで休憩してるんだい？　のろのろしてたら日が暮れちまうよ」

「……はーい。今、行きます」

フジの声に急かされるように、鈴音はもう一度顔をぐいと拭《ぬぐ》うと、鈴をポケットに入れて立ち上がった。

フジの家での生活は、慣れるまではそれなりにきつかった。

朝は四時前から起きだし、朝食も食べずに畑に向かう毎日。

太陽が出てくるとじりじりと焼けるように気温が上がるため、早朝のうちにビニールハウスの収穫を全て済ませる。

それでも日が昇ってきた途端、じわりと汗が滲んだ。

収穫と出荷を終えたら、一度、家に戻って昼食を食べる。そのあとは風の良くとおる場所で、しばらく昼寝する。

畳の上でひっくりかえっての昼寝なんて、実家では不作法《ぶさほう》だと言われていたけれど、やってみたら思いの外《ほか》気持ちよかった。

夕方前にはまた起きだして、作付けの続きや、水やりをする。最後はその日使った農器具の手入れを手伝った。

夕飯はフジに習いつつ、ヘタクソながらも鈴音が台所に立って食事を作った。

「いまどきの若いもんのくせに、包丁ひとつも握ったことがないなんて、それでよくここまで生きてこられたね」

そう心底呆れられながらも、フジは米の研ぎ方から味噌汁の出汁《だし》の取り方まで、根気よく一つひとつ丁寧に鈴音に教えてくれた。

そうして自分で食事を作るようになってみて初めて、味噌汁一つ作るだけでも大変だというのがよく分かった。

肉じゃがを初めて一人で最後まで作ったとき、煮崩れてお世辞にも上手とは言えない不格好なそれを、フジは黙って食べてくれた。

鈴音は『苦手だから』と出された物に箸すら付けず、作り直してもらっていた過去の自分を思うと死ぬほど恥ずかしくなり、顔も上げられなかった。

たった一つの野菜が食卓に並ぶまで、いったいどれだけの手間と、時間がかかっているのだろう。

なのにそれを思いやることもなく、『いらない』と首を振って終わりにしていたかつての自分が、どれだけ無知で傲慢《ごうまん》だったのか。

それをここにきてから鈴音は、嫌と言うほど思い知らされた。

草取りや土作りから始まって、種を蒔き、水をやり。お天道様と相談しながら育てた作物を、規格にあったものだけ厳選して収穫し、出荷する。

時には雨続きでせっかく植えた苗がダメになることもあれば、虫や病気の被害が出て、収穫間近だというのに枯れてしまうこともあった。

一番、がっかりしたのは台風の時期だ。

鈴音が初めて自分で耕した畑には、豆を植えた。

芽が出てすくすくと成長し、あと少しで収穫ができると思ってわくわくしていたのに、強い雨風に晒《さら》された次の日、畑に出ると苗は軒並み倒されてしまっていた。

「お天道様を相手に仕事してれば、そういう日もある。自然ってのはそういうもんだ」

フジはそう淡々と口にしていたけれど、必死で積み上げたものを呆気《あっけ》なく失ってしまった現実に、鈴音は深く落ち込んだ。

それでも無事なものだけ選んでなんとか出荷し、全ての収穫が終わればまた、土作りから始まって新たな作物を植えていく。

その頃には鈴音もこの界隈にすっかりと溶け込み、フジや竜平以外にも、挨拶をしたり会話をするご近所の人が増えた。

ほとんどがフジの知り合いの老人ばかりだったが、みな元気でよく食べ、よく働き、よく笑う。

誰もが突然やってきた鈴音を孫のように可愛《かわい》がってくれ、自宅で採れたというスイカや桃などを差し入れてくれた。

(みんな、すごく優しい……)

祖父を亡くして。東悟の本心を知って。

もうこの世のどこにも自分の居場所なんてなくなってしまったと、そう思っていたけれど。

――きっと、そうじゃない。

自分の居場所というものは、自分自身で作り出していくものなのだろう。

東悟と暮らしていた頃の自分は、まるで綺麗なケースに飾られた人形のような存在だった。

東悟が『お前はただ隣で、にこにこ笑っていればそれでいい』と言っていた言葉の意味が、今ならばよく分かる気がした。

今さらそれに気付いたところで、どうなるわけではなかったけれど。

東悟のことを思い出すたび、胸がしくしくと痛くなるのは相変わらずだったが、それでもその時間は少しずつ少なくなっていった。

ここにいれば毎日、頭を悩ますよりも、まずはやらなければならないことがたくさんあるのだ。

軍手に麦わら、首に掛けたタオルが標準装備で、ころころと変わる天気を相手に格闘する。地道で大変な作業も多かったが、鈴音以上ににキビキビと働くフジの姿を見ていたら、きついなどとはとても口にできなかった。

(それに知らなかったけど、土を弄《いじ》るのって結構向いてるみたいだ……)

最初はフジについていくだけで精一杯だった鈴音だが、今ではもくもくと単調な作業を続けているうちに、気が付けば無中になって働いている。

初めて自分で蒔いた種が小さな芽を出したときは嬉しかったし、雨で畝が崩れてしまったときは、心の底からがっかりした。

それでもなんとか収穫できたものを出荷し、生まれて初めてのお給料をフジからもらったときは、声にならないほど感動した。

これまでなにもできなかったはずの不器用な自分の手でも、なにかを作り出すことができる。それが鈴音の喜びとなった。

『明日はもっと頑張ろう』そう思いながら眠りにつく日々が、こんなにも活力をもたらしてくれるとは思わなかった。

そんな風にして、フジの家での鈴音の生活は穏やかに過ぎていき、気が付けば秋がすぐそこまで迫っていた頃。

「おーい。すず」

夕方すぎ、畑から戻ってシャワーを浴びた鈴音が、まだ少し濡れた髪をタオルで拭っていると、母屋のほうから声が聞こえてきた。

みれば大学の帰りらしい竜平が、母屋の玄関先からこちらに向かって手を振っている。

「竜君、どうしたの?」

「祖母ちゃんが、すずになんか客が来てるって……」

いつものほほんとしているはずの竜平が、なぜかひどく慌てている。

「お客さま?」

心当たりはなくて、首を傾げつつも鈴音は縁側に置いてあったサンダルに足を入れた。

もしかしたらまた、三軒隣の三宅《みやけ》のおばあちゃんだろうか。

彼女はよく鈴音に、自分の家で採れた桃だのブドウだのと差し入れてくれるのだ。

だが母屋に向かう途中で、鈴音はギクリとして足を止めた。

（……嘘……）

垣根の向こうに止まっている、見覚えのある黒塗りの大きな外車――あれは……。

「鈴音」

ふいに聞こえて来た聞き覚えのある低音に、ぞくぞくっと全身が粟立《あわだ》つ。

心の中で何度も思い返した、懐かしい声。

（まさか……そんなわけない）

そう思いつつも、恐る恐る振り返ろうとしたそのとき、ぐっと横から強く腕を掴まれるのを感じた。

「……東悟、さん……」

一度目にしたらきっと忘れられない、力強い瞳と視線が合う。

そこには冷たい怒りに満ちた眼差しで、こちらをじっと見つめている東悟の姿があった。

2

「……本気ですか？」

「ああ、もちろん本気だとも」

桐島東悟《きりしまとうご》が白河源一郎《しらかわげんいちろう》から個人的に呼び出されたのは、ある秋の夜のことだった。

ここ数年、何度か面会を求めてみても『会長は忙しい』だとか『先約がありまして』などとかわされていたというのに、突然の心変わりを不思議に思いながら東悟は会社へと出向いた。

そのときに源一郎は、東悟に対してあり得ない提案をしてきたのだ。

「しかしなぜ……天下の白河グループを、まったくの部外者である私に継がせたいなどと突飛《とっぴ》なことを考えられたんですか？」

「君のことはそれなりに調べさせてもらったよ。苦労して大学を出ながら、友人達と一から作ったベンチャー企業を、かなりの勢いで発展させてきたらしいな。うるさくまとわりつきそうな親族が周りにいないのもいい。あれは時に邪魔にしかならんからな。そうした総合的な判断からだ」

「でも……白河翁《おう》には、確かお孫さんが一人いらっしゃいましたよね。ゆくゆくはそのお孫さんが、跡を継ぐことになるのでは……？」

源一郎には、直系の孫が一人いると聞いている。

たしかまだ高校生ぐらいだったはずだが、成人したら彼がその全てを受け継ぐと考えるほうが普通だろう。

だが源一郎はそれに面倒くさそうな顔をすると、溜《た》め息交じりに首を横に振った。

「あれはとてもそんな器《うつわ》ではない。早死にしたあれの両親に似て、気が弱すぎるし、一国を牛《ぎゅう》耳《じ》るだけの能力もその気概もない。……もしあれにグループを任せたりしたら、周りのハイエナどもにあっという間にむしるだけむしりとられて、一年も待たずして崩壊するのがオチだろうよ」

彼の唯一の孫が、気弱で引っ込み思案《じあん》だという噂《うわさ》は、どうやら本当のことだったらしい。

「儂《わし》はもはや、あれにはなんの期待もしとらん」

そう苦々《にがにが》しく言い切った源一郎が、次に東悟に向かって告げたのは、信じられないような提案だった。

源一郎亡き後、白河グループの莫大な財産や経営権のほとんどは、直系の孫である鈴音が受け継ぐことになる。

だが、それではただの宝の持ち腐れだ。

そのため東悟が鈴音の後見人となり、ゆくゆくは彼を身内として受け入れ、養子縁組すればいいと提案してきたのだ。

つまり彼の孫は白河グループを継ぐためのただの受け皿でしかなく、会社についてくるオマケのようなものなのだろう。

（まったく……本当に血も涙もないクソジジイだな。話していると胸糞が悪くなってくる）

どうやら源一郎は、自分がこれまで育て上げてきた白河グループという巨大な帝国を、死んだあとも輝かせていたいらしい。

そのため経営能力が皆無の孫ではなく、人の足元で甘い汁を吸うしか脳がない親類縁者でもなく、源一郎と同じように自分の力で一から会社を興《おこ》し、発展させてきた東悟に目をつけたのだろう。

（だからといって、自分の孫まで道具扱いするか？）

源一郎の容赦ない仕事の遣《や》り方については、東悟もかねてより聞き及んでいたが、まさか取引材料として自分の孫まで利用するとは思わなかった。

「ですが……私があなたの帝国を継いだところで、すぐに崩壊させてしまうかもしれませんよ？　それにお孫さんのことも、見ず知らずの赤の他人に押し付けたりして……必要なものを取るだけ取ったら、身ぐるみ剝《は》がされて見捨てられてしまうかもしれないのに。それでもいいと言うんですか？」

わざと挑発的な意見を並べてみても、源一郎は別に痛くも痒《かゆ》くもないという顔つきで、フンと鼻を鳴らしただけだった。

「好きにすればいい。その頃には儂ももうこの世にはおらんしな。……うちのグループを継いだあと、お前が鈴音を用なしと見なしてその辺に放り出し、見殺しにしたところで誰も気にはせん。お前の良心以外に痛むものは、なにもないだろうよ」

（つまり大事なのは、自分の死後も白河グループが存続するかどうかだけということか……）

顔色一つ変えずにそう言いきった源一郎を、東悟は正面からまっすぐ睨《にら》み付けた。

「……自分の孫なのに、よくもそんな扱いができますね？」

「残念なことに……あれと儂では、なにひとつ似たところはないからな」

いくら自分と似ていないからと言って、唯一の孫まで道具と見なせる源一郎の気持ちが、東悟には理解ができなかった。

普通、老人にとって孫とは可愛くて仕方がないものではないのだろうか？

だが白河翁にとっては、心血注いで築きあげてきたグループ会社こそが彼の子供であり、孫以上に可愛いのかもしれなかった。

（くだらない……）

「ああ……そういえば」

だがそう一蹴して東悟が立ち上がろうとしたそのとき、再び源一郎が口を開いた。

「お前がうちのグループに入るというのなら……ほれ、あれだ。お前が前からずっと欲しがっていた長野のあの土地。あれを手付けとしてくれてやってもいいぞ」

ついでのように告げられた源一郎の台詞に、東悟の眉がピクリと跳ねた。

（……なるほど。俺について色々と調べたという話は、どうやら本当らしいな）

ギリと奥歯を噛み締める。

東悟は金では動かない。人が作りあげたグループ会社もどうでもいい。

だが……どうしても、ひとつだけ取り戻したいものがあった。

源一郎はそれを知っているからこそ、この取引を持ちかけてきたのだろう。

そして彼からのこの申し出を断われば、チャンスは永遠に失われてしまうのかもしれなかった。

「……それはどうも。ご丁寧《ていねい》に」

それが東悟からの返事だと理解したらしい。

「まずはうちの孫に気に入られるよう、せいぜい努力することだな」

苦虫を噛みつぶしたような顔の東悟とは対照的に、源一郎は実に満足そうに目を細めると、にやりと微笑《ほほえ》んだ。

「それで、鈴音さんは？　無事見つかったんですか？」

「……佐々木。お前、仕事の話でうちに来たんじゃないのか」

リビングにズカズカと入ってきた途端、前置きなくズバリと切り出してきた秘書を見上げて、東悟は眉《まゆ》を顰《ひそ》めた。

「ええ。急ぎ確認していただきたい資料がありましたので持ってきました。そのついでに、雑談くらいはしても構いませんよね？」

仕事の話だと言いつつも、佐々木がこんな時間からわざわざ東悟の家を訪ねてきた理由は明白だった。

二か月ぶりに家に戻ってきた鈴音のことが、気がかりなのだろう。

細いフレームのメガネをかけ涼しい顔をした佐々木は、部下としてはとても優秀な男だが、ずけずけとした物言いが玉に瑕《きず》である。

うっすらとした笑みを浮かべながらその場が凍りつくような嫌味をさらりと口にできるこの男のことが、東悟は昔から少し苦手だった。

だが、そんな冷徹嫌味マシーンの佐々木は、なぜか鈴音のことをいたく気に入っているらしい。

……というよりも、鈴音に会うものはほぼみな彼を気に入ってしまうのだ。

世間知らずで、おっとりとしていて。

人を疑ったり、自分を取り繕《つくろ》ったりすることのない彼は、誰に対しても素直で分かりやすく、また誠実である。

東悟と顔を合わせるだけで嬉《うれ》しそうにぱっと顔を輝かせるし、その反対につれなくされれば、しょんぼりと落ち込む。

すれ違いの日が続いたりすると、『……東悟さんと会えないのは、すごく寂しいです』と、素直に心のうちを晒《さら》してみせるところも、まるで小さな子供のようだとも思う。

（……白河翁が、『あれにグループの行く末など任せたら、一年も待たずに崩壊するのがオチだ』と言っていた意味が分かる気がするな）

――だからこそ、東悟も鈴音を放って置けなかったのかもしれない。

源一郎との契約どおり、鈴音を手なずけて、自分のものとして。

そうして白河グループを無事に受け継いだあとも、東悟は鈴音を用なしとはせず、ずっと傍に置いてきた。

それは彼の存在が、あまりにも無防備で頼りなかったからだ。

なんだか源一郎の思惑にうまく乗せられている気がしないでもなかったが、たった一人の祖父を失って心から悲しみ、うちひしがれていた鈴音を、放って置くことはできなかった。

だが……まさか東悟が彼を見捨てるのではなく、鈴音のほうから先に家を出ていくことになるなんて、思いもしなかった。

演奏会の日、大勢の人混みの中にいたはずの鈴音は、気が付けばいつの間にかどこにも姿が見えなくなっていた。

パーティの客に紛れて自分から屋敷を出たらしいことまでは分かったが、近所をあちこち探してみても、その姿を見つけることはできなかった。

もしや、誘拐《ゆうかい》か事故にでも巻き込まれたかと焦《あせ》っていたとき、東悟は自室で一枚のメモを見つけた。

鈴音の字で『一人で色々と考えたいので、しばらく家を出ます』と書かれたメモを発見したときは心底ほっとしたものの、その後、どれだけ待っても鈴音からの連絡はなく、その足取りも摑めなかったのだ。

——一昨日までは。

「昨夜、無事家に戻ってきた」

伝えると、佐々木はほっとした様子で胸を撫《な》で下ろした。

沈着冷静で酷薄そうに見えても、佐々木は気に入った相手にはかなり甘い男だ。

東悟に対しては容赦のない物言いをしてくる彼が、根が素直で大人しい鈴音の前では、まるで幼い子供に接するかのように優しい顔を見せていた。

「よかったですね。……それで、肝心の鈴音さんは今どこに？」

きょろりと辺りを見回す佐々木は、鈴音がこの場にいないことを不思議に思っているのだろう。

これまでなら佐々木が家にくれば、鈴音はすぐに挨拶《あいさつ》に出てくるはずだからだ。

「……二階の客間だ」

「こんな時間から、もう寝てるんですか？」

「さあな。……昨夜からずっと部屋から出てこないから、俺にも分からん」

「部屋からずっと出てこないって……なぜですか？　もしかして……鈴音さんのこと、強引に連れ戻してきたわけじゃないですよね？」

「……自分のものを連れ戻して、なにが悪い？」

ぶすっとした表情で告げると、佐々木はすっとその細い眉を寄せた。

「確か……鈴音さんは、以前お母様と暮らしていたアパートの大家さんの家に、いらしたんですよね？」

「ああ」

「なら、お世話になっていたその大家さんにちゃんとご挨拶はされましたか？　まさか、挨拶もさせずに、無理やり車に乗せたりはしなかったでしょうね？」

「そんなことはしていない。あいつは自分から車に乗ったんだ」

「一度も脅《おど》したりしませんでしたか？」

東悟がその質問には答えず、無言のまま手渡された資料を手にとると、佐々木は呆れたように肩で息を吐いた。

たしかに、少しだけ強引だったことは認める。

二か月ぶりに会った鈴音は、以前よりも日焼けし、全身が少し引き締まったように見えた。

白魚のようだった手には、あちこちにマメと小さな傷が出来ていた。

——苦労したのだと一目で分かる手。

それを目にした瞬間、東悟はかっと頭に血が上るのが分かった。

「帰るぞ」

低い声でそう呟《つぶや》くと、鈴音はぽかんとした顔でこちらを見上げてきた。

「……え?」

「車に乗るんだ」

二か月ぶりに顔を合わせた途端、いきなり命令してきた東悟の前で、鈴音はしばらく固まっていたが、やがてふるりと首を横に振った。

「い……やです」

「なに?」

「……嫌です。……僕は、帰りたくありません」

『ふざけるな』と、声を上げそうになるのをぐっと堪《こら》える。

これまでどれだけ、自分や周囲の人間が鈴音のことを必死に探し回ったと思っているのか。さんざん人に心配をかけたあげく、ようやく見つけたと思ったら、『帰りたくありません』などと言い切った鈴音に、思いきり腹が立った。

「帰らないで一体どうする気なんだ？　まさかここでずっと農家ごっこでもするつもりか」

「……ごっこなんかじゃありません。僕なりに、ちゃんと働いていますし……」

「人様の家に転がりこんで、迷惑をかけておきながら、ちゃんと働いているとはよく言えたな」

鈴音の顔にざっと痛みのような暗い影が走り抜けていくのが見えた。

それでも東悟は構わずに、二か月ぶりにようやく摑んだ鈴音の腕を放すまいと、さらにその指に力を込めた。

そのとき、ふいに横からドンと強い衝撃を受けた。

「あんた、なにしてんだよ⁉　すずが嫌がってんだろうが！」

「竜《りゅう》君……」

見れば大学生らしい若者が、東悟の腕を強く押している。

しかも鈴音を東悟から引き離し、自分の腕へと抱き寄せようとしているのを見つけて、カッとなった。

「……貴様はなんだ？」

「あんたこそ、いきなりうちにきてなにやってんだよ？　うちのすずを、一体どこに連れて行こうとしてるんだ……」

（うちの、だと？）

「鈴音は、俺の妻だ。迷子になっていた妻を夫が迎えに来てなにが悪い？」

腹立ちを堪えつつ冷たく言い返すと、目の前にいた若者は思いきり不可解という顔で、『はあ？』と声を上げた。

「おっさん、なにわけ分かんないこと言ってんだよ？」

「おっさんではない。桐島《きりしま》東悟だ」

「じゃあ……桐島さん。すずはどう見たって男だし、名前だって白河だろ？　あんたの妻になんかなれるわけが……」

「今はもう、白河ではない。桐島鈴音だ。正式な養子縁組も済ませてある」

伝えると、竜平《りゅうへい》はますます混乱した表情で鈴音を見つめた。

「……すず、本当なのかよ？」

鈴音はしばしためらうように俯《うつむ》いたあと、それでも小さくこくりと頷《うなず》いて見せた。

そのことに、なぜか東悟はひどくほっとした。

「分かったなら、今すぐにその手を放せ。……鈴音、車に乗るんだ」

低く言い聞かせるように口を開いても、鈴音はその場に立ち尽くしたまま、動き出そうとしなかった。

焦《じ》れた東悟がずいと一歩詰め寄ると、鈴音はなにかに怯《おび》えたように、一歩後ろへと下がった。

それにカッとして、再び鈴音の手をとる。

だがそれに鈴音は『や……ですっ』と小さく声を上げると、東悟の手を振り払った。

(――なんだ、これは?)

瞬間、東悟は頭の上から冷水を浴びせられたかのようなショックを覚えた。

ついで、腹の底が焼けるかと思うほど熱くなるのを感じる。

今まで、こんなことは一度としてなかったはずだ。

鈴音は、出会ったときからずっと東悟に従順だった。

はにかむような笑みを浮かべては、いつもこちらの顔色を窺《うかが》い、東悟の言葉には誰よりも素直に従っていたのに。

その鈴音が、初めて逆らおうとしている事実に、こめかみにちりっとした痛みが走り抜けていく。

「……おい。すずは、嫌がってんじゃねーか」

鈴音を自分の背中に庇《かば》うようにしてずいと前に出てきた竜平に、ますます苛立《いらだ》ちを募らせた
東悟は、腹の底から冷たい声を押し出した。

「お前には関係のない話だ。……そこを退《ど》け」

冴《さ》え冴《ざ》えとした低い声。

それに鈴音もどうやら東悟が本気で怒っていることに気付いたらしく、はっとした様子でこちらを見つめてきた。

「もし、嫌だって言ったらどうすんだよ？」

「……多少、痛い目を見ないと分からないらしいな」

鈴音を庇うように背にした男と、真正面から睨み合う。

「ちょいと待ちな！」

一触即発《いっしょくそくはつ》といったぴりぴりとした空気。

それを破ったのは、他でもないフジの一声だった。

「竜平！　あんたはひとさまの家の事情に、横から口出しするんじゃないよ」

「で、でも、祖母ちゃん……」

「そっちの図体のデカいあんたもだよ。いい歳をした大人が、小僧相手にいちいち熱くなってんじゃないよ。情けないね」

「……」

容赦のない老女の一言に、一瞬、気が削《そ》がれる。

フジは反省する男二人を尻目にくるりと鈴音に向き直ると、鈴音の肩にぽんと手を置いた。

「鈴音。あんたの家へ連絡を入れたのは、私だよ」

「フジさんが……？」

「ああ。あんたが最初にうちにきたときは、どうせすぐに音《ね》を上げて、逃げ出すだろうと思ってたけどね。……あんたは私が思ってたよりもずっと、根性があった。一通りの仕事もちゃんと覚えた。一人で生きてく力も身に付けたろ。……なのに、いつまで逃げ回ってるつもりだい？」

「フジさん……」

「なにから逃げ出してきたかは、よく知らないけどね。いつまでも中途半端なまま、うちに置いとくわけにはいかないよ。うちは避難所じゃないんだからね。……あんたの家族が心配してるのも、本当は分かってたはずだろ。これから自分がどうしていきたいのか、一度、ちゃんと話しあってケリつけといで」

フジの言葉に鈴音はじっと項垂《うなだ》れていたが、やがてなにかを吹っ切るように、『……分かりました。ご迷惑おかけしてすみませんでした』とフジに向かって頭を下げた。

「鈴音がお世話になりました。ご連絡もありがとうございました」

東悟もフジに礼を言う。

ついでにこれまで鈴音がお世話になった礼として、胸ポケットから小切手を取り出したが、フジはそれを受けとりもせずに鼻で笑い飛ばした。

「そんなもんいらないよ。ここの家賃や食い扶持《ぶち》は、あの子が自分の手でちゃんと稼いでたんだ。それ以上、恵んでもらうつもりはないね。……それともなにかい？　あんたは鈴音の存在そのものを、まさか金で買い取るつもりかい？」

——ドキリとした。

まるで、源一郎と東悟のかつての会話を見透《みす》かされたようで、背筋がすっと冷える。

そこまで言われてしまえば、札びらを切るわけにはいかない。

東悟はフジにもう一度、『本当にありがとうございました。お世話をおかけしました』と深く頭を下げると、改めて礼にくることを誓った。

その後、鈴音は後ろ髪を引かれるように何度も後ろを振り返りつつも、自分から大人しく東悟の車に乗ったのだが。

そのあとが最悪だった。

鈴音は家に帰りついた途端、『勝手に家を出て、心配をかけてしまったことは謝ります。本当にすみませんでした。……僕は、この家を出て独り立ちしようと思います』といきなり口にしたのだ。

「ダメだ」

「どうしてですか？」

「ふざけたことを言うな。お前は白河グループの跡取りなんだぞ。そんな勝手は許されないし、そんな生活をする必要もないだろう」

「白河グループは東悟さんが継いだはずです。名ばかりの跡取りなんて、なんの意味もないのに……」

「それでもダメだ」

「東悟さん……」

結局、二人の話し合いは平行線のまま終わり、以来鈴音は二階の客間から一歩も出てこなくなってしまったのだ。

東悟がリビングにいるときは顔も出さず、声をかけても部屋からは出てこない。食事も東悟が会社に出たあとに、一人でとっているらしい。

「とりあえずはご無事でなによりでしたが……。あの鈴音さんが、そこまであなたと一緒にいることを拒《こば》むのは、どうしてなんでしょうね？」

家を出る前まで、鈴音が東悟にベタ惚《ぼ》れだったことを知っている佐々木は、鈴音の今の態度が解《げ》せないのだろう。

「別に……拒んでいるわけじゃない」

「逃げられた上に、今も顔すら見せてもらえないくせに？」

冷めた視線で言い切られて、ぐっと声を詰まらせる。

「だいたいどうして可愛い新妻に、突然逃げられたりしたんです？　仲違《たが》いの原因は一体なんだったんですか？」

いちいち癇《かん》に障《さわ》るやつだなと思う。

夫婦間のデリケートな問題に、普通は他人は口を出さないものだろう。

なのにあえて容赦なく痛いところをズバズバ切り込んでくる佐々木に、東悟は重い溜め息を吐き出すと、手にしていた資料をぽんとテーブルに放り投げた。

「俺は……あのクソジジイに取引の代償として、買われたようなもんだ。なのに鈴音が今さら、『どうして自分と一緒になろうと思ったんですか？』なんてしつこく聞くから、理由なんて別に知らなくていいだろうと言ったんだ」

「鈴音さんは、それで納得したんですか？」

「しなかった」

「……でしょうね」

「そんなもの、今さら知ったところでなんになる？　クソジジイが会社の受け皿として、お前を俺に寄越したと言えと？　しかも俺が会社を継いだら、鈴音を見捨てようが別に構わんと、あのクソジジイは平然とそう言いきったんだぞ」

源一郎の葬儀の晩、鈴音は今にも零《こぼ》れ落ちそうになる涙を必死に堪えながら、一人庭の隅で肩を震わせていた。

あのろくでもない祖父のことを、本気で愛していたのだろう。

そんな鈴音に、本当のことなど言えるはずもなかった。

「だから、取引内容のことなんかどうでもいい。たとえママゴトみたいな暮らしでも、これからも続けて行けばそれでいいだろうと、アイツにはそう言ったんだ」

佐々木の目が、呆れたようにすっと細められる。

きっと東悟のことを、死ぬほど愚《おろ》かで救いがたいと思っているのだろう。

鈴音はいつも東悟の前では、まるで咲き染めの薔薇《ばら》のように頰を染めて、笑っていた。

信頼に満ちた、やわらかな眼差《まなざ》しを向けて。

「あのとき……アイツはしばらくの間、言われた意味がわからないって顔をして、こちらをじっと見てた」

だが次の瞬間、薔薇色だった鈴音の頰からすっと色が抜け落ちていくのが見えた。

東悟を見つめていた瞳《ひとみ》からも、輝きは消えていた。

――心が、砕《くだ》けた瞬間を見た。

あのときまで、自分は愛されて望まれたのだと、鈴音は本気でそう思っていたのだろう。

きっと、東悟が真実を告げるまで。

「……あとはお前も知ってのとおりだ。アイツは書き置き一枚残して家を出たまま、帰らなくなった。そうして二か月経ってようやく見つかった」

佐々木は、頭の痛みを堪えるようにこめかみを押さえた。

「それで？　今後、鈴音さんのことはどうするおつもりなんですか？」

「別に、どうするつもりもない。……これまでどおり、アイツはこの家で暮らしていけばそれでいい」

「でも、ご本人はここを出て独り立ちしたいと、そう言ってるんでしょう？」

「あれは俺のものだ。法的にもそう決められている。他のどこにもやるつもりはない」

「本人が、泣いて嫌がっていてもですか？」

「……それは関係ない」

「関係ないわけがないでしょう。彼は人形じゃありませんよ。意思を持った一人の人間ですよ？」

佐々木の言い分はもっともだったが、東悟としては二度と鈴音を家から出すつもりはなかった。

ずっと探していて、ようやく見つけたのだ。

この家から鈴音がいなくなったと知ったとき、東悟は心の底からぞっとした。

マメと傷だらけになっていた、あの手を見たときもそうだ。

（……あんな思いは二度とごめんだ）

「この話はもういいだろう。終わりにしろ」

「……あのですね。たとえ社長がどれだけ彼を閉じ込めたところで、その心までは縛《しば》れませんからね」

むっつりと黙り込んでしまった東悟に心底呆れたのか、佐々木は大きく肩で溜め息を吐き出すと、リビングを出ていった。


二か月ぶりの広くて立派な客間は、ひどくよそよそしかった。

スプリングの効いたベッドで寝返りを打つたび、柔らかな羽毛布団の音が微かにするだけで、他にはなにも聞こえてこない。

（あの家を出てから、まだ三日しか経っていないのに……）

蛙や虫の音、鶏たちの鳴き声がいつもうるさく響いていたフジの家が、鈴音にとってはすでに懐《なつ》かしくて仕方がなかった。

フジの古びた家はどこにいても、おひさまのようないい匂いがした。

フジや竜平だけでなく、毎日のようにお茶をしにやってくる近所の老人たちのおかげで、いつでも誰かの気配があったし、毎日が忙しくて寂しさなど感じる暇もなかった。

（この静かで広々とした部屋にいると、まるで世界で一人きり、取り残されたみたいな気分になってくる……）

この家も……以前は東悟がいるからこそ、我が家と思って暮らしてきたけれど。

彼の心が自分にはないと知った今では、どうしてもよその家という感覚が拭《ぬぐ》えなかった。この家に戻ってきてまず、鈴音は勝手に家を飛び出して、東悟たちに心配をかけてしまったことを謝《あやま》った。

その上でできればまたフジの家に戻りたいこと、これからは自分の力で働きながら暮らしていきたいことを伝えてみたものの、東悟からは『ダメだ』の一言で却下されてしまった。

「白河グループの唯一の跡取りであるお前が、そんな生活をする必要はない」

東悟はそう言って聞く耳を持たず、話はどこまでも平行線のままで止まっている。

——白河グループがどうとか、お金があるなしだとか、そんなことはどうでもいいのに。

自分はフジの家で、生まれ変われた気がした。

以前のように誰かに庇護《ひご》されて、自分ではなにひとつできない、まるで綺麗に飾られた人形のような生活から、少しだけ抜け出せた気がしたのだ。

だが東悟は鈴音の言葉を『甘いな』と笑い飛ばした。

今は初めての仕事が物珍しいだけで、お前は本当の苦労を分かっていないのだと。

そのとき部屋の扉をトントンと叩く音が聞こえてきたが、鈴音はわざとベッドから起き上がらなかった。

布団を被《かぶ》るようにしてさらに深く潜《もぐ》り込む。

ときどき東悟がこうして部屋までやってくることがあるのだが、鈴音はその扉を開けないようにしている。

彼にいいように言いくるめられてしまいそうになる自分が、怖いからだ。

（……このまま逃げていても、しょうがないことは分かってるけど）

二か月ぶりに会った東悟は、その艶《つや》やかな黒髪も圧倒的なオーラも健在で、傍《そば》にいるだけで鈴音の心を切なく乱した。

仕事が忙しいせいか、以前より少しやつれたような横顔をしていたけれど、それで彼の魅力が損なわれたわけではなかった。

むしろしばらく会わずにいた分、野性的な強い目でじっと見つめられただけで、ドキドキと胸がうるさく騒いで仕方なかった。

（こんな風になっても、いまだ彼に惹《ひ》かれているなんてすごい皮肉だと思うけど……）

そんな自分が情けなく、鈴音はわざと東悟とは生活時間をずらして顔を合わせないようにしていた。

前までは東悟の顔が少しでも見たくて、話がしたくて。

彼の帰りを寝ないで待っていたのが、嘘みたいだ。

だがいつまでもこうして避け続けたところで、問題が解決するわけではないことはよく分かっている。

東悟の機嫌が直ったら、もう一度、ちゃんと話をしなければ……。

「鈴音さん？　まだ寝ていらっしゃいますか？　朝食はどうされます？」

「あ……三沢さん。すみません。すぐに下に行きます」

「分かりました」

だが部屋の扉を叩いたのが東悟ではなく、家政婦の三沢だと分かって、鈴音は慌《あわ》ててベッドから飛び起きた。

せっかく作ってくれた三沢の手料理を、無駄《むだ》にするわけにはいかない。

急いで着替えて一階のダイニングテーブルへと向かうと、すでにテーブルの上にはたくさんの料理が並べられていた。

まだ湯気の立つ食事の前で両手を合わせつつ、頭を小さく下げる。

「いただきます」

以前はただの挨拶として、口にしていただけの言葉。

だが今ではその一言の中に込められた意味を、ちゃんと理解しているつもりだ。

『いただきます』というのは、『命を分けていただきます』という意味だ。

魚や肉はもちろんだが、卵も、野菜も、米の一粒にさえ、生命がちゃんとつまっている。

それらの命を分けていただくことで、自分は生かされているのだ。

そうしたことにも気が付かず、好き嫌いだけで食事を選り好みしていたかつての自分は、本当に愚かだったと思う。

「あら……そちらのキッシュ。中にベーコンとほうれん草が入っていますけど？」

東悟のために別に作り置いていたらしいキッシュを皿に取り、鈴音が自ら口に運ぶと、三沢は驚いた様子で目を瞬かせた。

「うん。……すごく、美味しいです」

「ほうれん草、食べられるようになったんですか？」

「はい。……これまで三沢さんにも、我《わ》が儘《まま》を言ってしまってすみませんでした。……まだ苦手なものも色々とありますが…。これからはなんでも食べられるようになりたいので、よろしくお願いします」

三沢にも、これまで好き嫌いをしていたお礼とお詫びを言いたいと思っていたことを思いだし、その場でぺこりと頭を下げる。

彼女はそれにいつもどおり、感情のあまり読めない顔で小さく頷いた。

「食の好みというものは誰にでもありますし、ご家族それぞれの好みに合わせて調理するのも私の仕事のうちですから。別に謝らなくても結構ですよ。……ですが、バランスよく食べていただけるのであれば、助かります。それだけ免疫力も強くなりますしね。『鈴音に風邪《かぜ》を引かせるな』と、旦那様も気にされていたので」

「え？　東悟さんが…？」

「はい。鈴音さんが一度体調を崩されてからは、食がますます細くなったことを特に心配されていたようですね。『好きなものでもなんでもいいから、もっと食わせるように。肋《あばら》が浮いてる』と、よく言ってらっしゃいました」

「す……すみません」

一瞬で、耳までかあっと赤くなる。

(……知らなかった)

家を出る前の東悟は、ピリピリとしてばかりでろくに話もできずにいた。

彼の帰りを待っていても『さっさと寝ろ。人を待つな』とそう言われるばかりで。

——まさかそんな風に、自分の体調を気にかけてくれていたなんて。

(肋が浮いてるのを気にしてたってことは……やっぱり、ガリガリは嫌だったってことだよね？)

鈴音は自分の胸に手を当てて、じっと見下ろしてみた。

自分の身体は、たしかにかなり薄っぺらいと思う。

女性のようにふっくらとした胸もないし、柔らかさのカケラもない。

そこへきて肉付きの悪さを東悟が気にしていたのだとしたら、彼が鈴音をずっと遠ざけていたのも分かる気がした。

(がっかり……させてたのかな)

フジのところで働くようになってからはそれなりに鍛《きた》えられ、以前よりも少しは筋肉がついてきたはずだし、好き嫌いもなくして食べる量もかなり増えた。

それでも体型にあまり変化がないように見えるのは、もともと太れない体質だからだろうか。

そういえば、母もずっとほっそりとしていた。

相変わらず薄っぺらな自分の身体を見ていると、無性《むしょう》に恥ずかしくなってきてしまう。

（……別に、僕が今さら太ったところでなんの意味もないんだけど）

東悟の好みは、自分のようなやせっぽちの男ではなく、大人の女性なのだ。

彼と肌を合わせることも、二度とないだろう。

なのにいまだに東悟の好みをいちいち気にしている自分がなんだかひどく滑稽《こっけい》に思えて、鈴音はそんな気持ちを振り切るように、デザートのいちごに思いきりフォークを突き刺した。


その日、鈴音は部屋で一人スケッチブックを開いていた。

以前は真新しいページを開くと同時になにを描こうか考え出していたのに、今はなぜだかなにも出てこない。

庭の花を模写する気にもならず、他に描きたいものも思い当たらなかった。

仕方なく前のほうのページをぺらぺらと捲り、過去に自分がスケッチしたり、色を付けた風景画などを見直していく。

(この教会……東悟さんが前にくれた海外の写真集を模写したやつだ……。このスケッチも……)

だがどのページを捲《めく》っても、溢《あふ》れてくるのは東悟との思い出ばかりだった。

スケッチの中には、東悟の横顔や後ろ姿を模写したものもあった。

まだ東悟とこの家で一緒に暮らしていなかった頃、彼が白河邸に遊びに来てくれるのが嬉しくて、その思い出を取っておきたくて。

彼が来た日はこっそりとその面影を思い出しながら、東悟の絵を描いた。

中には、東悟とともに初めて浅草に行ったときのイラストもあった。

水彩で軽く色づけされた提灯《ちょうちん》は、初めて見たときあまりの大きさに圧倒されてしまった。

みんながあの提灯の前で写真を撮ろうとする意味がよく分かった気がする。

東悟のスケッチが後ろ姿や横顔ばかりなのは、それだけ鈴音がこっそりと彼の姿を見ていたからだろう。

真正面から覗き込むのは気恥ずかしくて、そのくせ東悟を視界に焼き付けるみたいに彼のことばかり、いつも目で追っていた。

その視線が、鈴音を見つめ返していないことにも気付かずに……。

懐《ふところ》でちりんと小さく鳴った鈴をそっと取り出す。これだけはいつも身につけていたから、フジの家にいたときも、東悟のことを考えるたびにそっと取り出して眺めていた。

（未練がましいって分かってるけど……）

浅草に二人で初めて出かけた日は、楽しくて楽しくて仕方なかった。

出店で買ってもらった人形焼や、金魚の形をした精巧な飴細工《あめざいく》。どこを覗《のぞ》いても全てがキラキラと光っていて、眩《まぶ》しくて。

きっと自分はあの眩しさに、色々なことを勘違いしたまま、今日まで来てしまったのだろう。

（東悟さんも自分を気に入ってくれただなんて、どうしてそんなおめでたいことを、本気で思っていたんだろう……？）

彼と自分では、最初からあまりにも色々なことが違っていたのに。

そのときトントンと叩かれたドアの音に気付いて、鈴音はふとスケッチブックから顔を上げた。

――東悟だろうか。

でもまだ夕方のこんな早い時間に、彼が戻ってくるとは思えない……。

「鈴音さん？　今、少しだけいいですか？」

「え……佐々木さん？」

（どうして東悟の秘書であるはずの彼が、いまここに？）

「取引先から美味しいカステラをいただいたので、持ってきたんです。鈴音さん、たしかカステラお好きでしたよね？」

その言葉に、一瞬だけためらってしまう。

佐々木の気遣いはありがたかったが、彼がいまここにいるということは、上司である東悟もう家に戻ってきているのだろうか？

そんな鈴音の心のうちを見透かしたように、佐々木はふと『ああ、社長でしたらまだ会社ですよ。私だけ近くに寄ったので、よければお茶でもどうかなと思いまして』と付け足してきた。

「あ…あの、ちょっと待ってくださいね」

慌ててスケッチブックを片づけて、佐々木の元へと向かう。

扉を開けると、久しぶりに懐かしい人物が笑みを浮かべて立っていた。

「よかった。とてもお元気そうですね」

「はい。佐々木さんも……お久しぶりです」

「もしかして、だいぶ日に焼けましたか？」

「はい。……なんだかあちこちボロボロで、みっともないんですけど」

「いえ、健康的でいい感じですよ。前は今にも折れそうに細くて白くて、少し心配でしたしね」

佐々木の目から見ても、以前の自分はどうやら陶器で出来た人形のように見えていたらしい。

銀のお盆を手にした佐々木を部屋へと招き入れると、彼は部屋の隅に置かれていた小さなテーブルへとそのお盆を置いた。お盆の上には綺麗にカットされたカステラと、紅茶の入ったカップが二つずつ並べられていた。

それをありがたく向かい合っていただき、少し遅めのティータイムに舌鼓《したつづみ》を打つ。

「鈴音さんはどうして突然、家を出たんですか？」

佐々木はしばらく当たり障りのない会話をしていたけれど、ふと急に真顔になってそう切り込んできた。

「……すみません」

「社長が心配されるとは思いませんでしたか？」

「……東悟さんには……手紙を書いておきました」

「あの置き手紙のことですか？『一人で色々と考えたいので、しばらく家を出ます』の一言だけでは、とても安心できるとは思えませんけど？」

少し厳しい佐々木の口調に俯いてしまう。

「……ごめんなさい……」

「あなたがいなくなられてから、社長は必死に鈴音さんを探していました。白河グループの御《おん》曹司《ぞうし》がいなくなったわけですから、もしや事件性があるのではと、警察の知り合いに秘密裏《ひみつり》に相談したり。……その結果、家を出た日、駅前のホテルにあなたがいたことだけは分かりました。けれど部屋にはあなたの着替えや財布の入ったバッグが置いてあっただけで、それ以上の行方を捜すことはできませんでした」

少し怒った様子の佐々木の言葉に項垂れる。

やはり自分の突発的な行動は、佐々木や東悟に多大な迷惑を掛けてしまっていたらしい。

（……でも、あのままでは帰れなかった。どうしても）

「家を出てからも、一度もこちらに帰ろうとは思わなかったんですか？」

「……もう、帰れないと、思ったので…」

「どうしてです？　たとえ色々な行き違いがあったとしても、社長と話しあうことはできませんでしたか？」

この話は、できればあまりしたくはなかった。

けれどこのままでは佐々木が納得しないだろうことは分かっていたし、迷惑を掛けてしまった以上、鈴音もただ黙っているのは気が引けて、すっと息を飲み込んだ。

「……家を出たあと、行くあてもなくて……。自分の力で暮らしてみたいと思っても、僕は仕事もなにも持っていないですし。結局は僕は一人ではなにもできないのだと気が付きました。情けないことに頼れるような友達もいなくて……。途方に暮れていたとき……駅前で声をかけられました」

「誰にです？」

「……知らない、男の人でした。……五十代くらいの年配の方で。駅前でぼうっとしていた僕に優しく声をかけてきて……話を聞いてくれました。もし……仕事に困ってるなら、紹介してあげてもいいよと言われて」

そうしてのこのこと、男のあとをついていってしまった。

今ならそれがどれだけ危ういことなのかが分かる。だがそのときは、仕事と住むところを探さないとと、鈴音なりに必死だったのだ。

「連れていかれたホテルの部屋で、突然……服を脱ぐようにと言われました。……僕は本当に世間知らずで……そんな仕事が、世の中にあることも知らなかった」

膝《ひざ》の上で、ぎゅっと手のひらを握りしめる。

あのときほど、自分の愚かさを呪《のろ》ったことはなかった。

「その男に……なにをされたんですか？」

佐々木の低い声に、首を小さく横に振る。

「別に……たいしたことは」

「鈴音さん」

「……本当に、たいしたことはなくて。ただ……いきなりあちこち触られて。……びっくりして嫌だと言ったら、いきなり頰を殴られました」

告げた途端、メガネの奥の佐々木の目が痛ましげに細められるのが見えた。

――こんな話、聞いたところで面白くもなんともないだろうに。

それでも鈴音のことを心配し、今日もわざわざこうして会いに来てくれた佐々木には、黙っているわけにはいかないと感じて腹をくくる。

「騒ぎを誰かが聞きつけたのか、すぐにホテルのスタッフが飛んできてくれて……。彼は『色々と誤解があっただけだ』と説明したあと、最後にお金をくれました」

きっとそれ以上、騒がれたくなかったのだろう。

いらないと拒否したけれど、男からは無理やりお金を握らされた。

「あのとき……自分がこれまでいかに無知だったかを知りました」

いきなり殴られたこともショックだったが、お金を渡されたことにも驚いた。

「なにより……あんな思いを、自分も東悟さんにさせていたんだなと思ったら……死ぬほど、苦しくなりました」

まるで自分が汚くて、ちっぽけな売り物になった気がした。

お金のために買われ、嫌々ながら相手に従わされる苦痛。

(――あんな思いを、自分は彼にもずっとさせていたのか……)

そう思ったらきつかった。生きてるのも辛くなるほど。

「……あのとき、もう二度と家には戻れないと分かったんです」

くしゃりと顔を歪《ゆが》め、泣きそうな顔で小さく呟く。

祖父と東悟の間に、どんな契約がかわされていたのかはよく知らない。

それでも祖父は白河グループを東悟に継がせ、自分の面倒を見させるために、多分なにかしらの要求をしたのだろうということは薄々ながらも理解していた。

それこそ、東悟本人の意思とは関係なしに。

彼は、自分の人生を台無しにされたのだ。自分の無知さや、祖父の計略によって。

(自分がいる限り、彼は幸せにはなれない……)

そう思ったら二度と家には戻れないと思った。またあの男とどこかでばったり出くわすのも怖くて、鈴音は自分のホテルに荷物を取りに行くこともできなかった。

——どこか遠くに行きたいと思った。

東悟の目に二度と触れぬほど、どこか遠くへ。

そのまま鈴音は電車に乗り、気が付いたらかつて母とともに暮らした田舎町へと足が向かっていたのだ。

「そうでしたか。大変だったんですね……」

労《いたわ》るような佐々木の優しい声に思わず涙が溢れそうになったが、それを堪えるように鈴音は小さく首を振った。

大変だったのは自分ではない。いきなりこんな大きな荷物を押し付けられた、東悟のほうだろう。

「でも、ご無事で本当に良かったです。よく頑張《がんば》りましたね」

自分はそんな優しい言葉をかけてもらえるような人間ではない。

目の奥がツンと痛んで、慌てて俯いたまま鼻を啜《すす》ると、佐々木は苦笑しながら傍にあったティッシュケースを渡してくれた。

「……あの……できたら東悟さんには、言わないでください」

こんなみっともなくて情けない話を、彼の耳には入れたくなかった。

「鈴音さんが、そう望むのなら」

再び俯いた鈴音の頭に、ぽんぽんと優しく佐々木の手が置かれた。

その手の温かな優しさに励《はげ》まされるように、鈴音はもう一度小さく鼻を啜った。


ここ数日、ピリピリムードで仕事を続けている東悟に、社員は誰も近寄ってこようとはしなかった。

いつもならばクッション役となるはずの佐々木が、席を外しているせいもあるだろう。

触らぬ神にたたりなしとばかりに、誰もが視線を合わせることすら避けている。

それにまた苛つきながら、東悟は手元の書類に視線を向けた。

(いつまでアイツは、社に戻ってこないつもりだ?)

佐々木が半休をとり、鈴音のご機嫌《きげん》伺《うかが》いにと手土産を持って出かけていったのは、午後の三時過ぎだ。

なのにこんな時間まで戻ってこないとは……職務怠慢《たいまん》にもほどがある。

「ただいま戻りました」

そんな東悟の苛立ちを見透かしたかのように、何食わぬ顔で佐々木は社長室へと顔を出した。

「で？　……どうだったんだ？」

「なにがです？」

なにがじゃないだろう。

東悟がずっとイライラしながら、今か今かとその帰りを待っていたことは知っていただろうに。

「鈴音のことに決まってる。久しぶりに会ってきたんだろうが」

「ああ。鈴音さんでしたら、ちゃんと夕食も召し上がられていましたよ。今日は、三沢さんと一緒に肉じゃがを作られたとかで……」

「はあ？」

なんだそれは。人がピリピリしながら仕事に明け暮れていたときに、その秘書は東悟の自宅で鈴音と夕食まで食べてきたというのか。

ふざけているにもほどがある。

（しかも、鈴音の肉じゃがだと……？）

東悟は鈴音と半年近く一緒に暮らしていながら、彼の手料理など一度も食べたことがない。

家政婦の三沢が家事は自分の仕事であると、きっちりと分けていたというのもあるし、鈴音が料理を作れるとも思っていなかった。

「……よくあの三沢が許したな」

「鈴音さんから頼み込んだみたいですね。他にも、色々と料理を教えてほしいとかで……。三沢さんは無表情な方ですが、屋敷に戻ってきてからあまり部屋から出てこなくなってしまった鈴音さんのことを、彼女なりに心配していたみたいですからね。鈴音さんから頼み事をされたことが、よほど嬉しかったんじゃないですか？　かなりスパルタに仕込まれてましたよ」

佐々木からの報告に、東悟はむっつりと黙りこんだ。

自分が必死で仕事に打ち込んでいる間に、佐々木どころか三沢まで、鈴音と楽しくやっていたなどと聞かされて、穏やかな気持ちでいられるわけもない。

「……それで？」

「ああ。鈴音さんの肉じゃがなら、とても美味しかったですよ。あちらの家にいたとき、かなり努力されたんでしょうね。慣れない手つきながらも、飾りニンジンの彩りなんかも実に綺麗に……」

「……誰も肉じゃがの感想なんて、聞いてない」

憮然《ぶぜん》として答えると、佐々木は呆れたように肩を竦《すく》めた。

「そうですか？　なら、なにを怒ってるんです？　もしかして自分は食べさせてもらえなかったからって、拗《す》ねてるんですか？」

「ふざけたことばかり言うな！」

「おお、怖いですね」

これっぽっちもそう思っていなさそうな口調で言われても、苛立ちが増すだけだ。

東悟は手の中の書類をばっと放すと、ダンと机を強く叩いた。

「いいから、さっさと言え！　……鈴音は家を出たあとのことについて、お前になにか言っていたのか？」

家を出てからの鈴音は、確かに変わった。

強情になったというよりも、まるで東悟の前に出るのを恐れるみたいに、東悟のことを避けまくっている。

連絡もなく家から消えたこともそうだ。

たとえ東悟に言われたことがショックだったとしても、紙切れ一枚だけでまったく家に戻ってこなくなるなんて、これまでの鈴音だったなら考えられなかったことだ。

その変化の理由が知りたくて、佐々木が仕事を抜け出していくのを止めもしなかったのだが。

東悟の短気さについてよく知っている佐々木は、大きく溜め息を吐くと、すいとメガネのフレームをあげた。

「……社長はあまり聞きたくないお話だと思いますけど？」

「俺は鈴音の夫であり、保護者でもある。自分の妻がどうしていたかを知る権利があるはずだ。……いいから言え」

「鈴音さんからは、あなたには言わないでほしいと頼まれたんですが……」

「佐々木！」

怒鳴りつけた声の低さに、これ以上は引き延ばせないと悟ったらしい。

佐々木は『鈴音さんには、私から聞いたとは決して言わないでくださいね』と前置きしてから、しぶしぶと口を開いた。

「鈴音さんが家を出た日……行くあてもなく彷徨《さまよ》っていたあの子に声をかけ、優しく慰めてくれた男がいたそうです。仕事を紹介してあげると、親切にもホテルへと連れて行ってくれたそうで。……あとの流れはなんとなく、分かりますよね」

一瞬、頭の中が真っ白になった。

にわかには信じがたくて、佐々木からの報告が右から左に流れていく。

「……あのですね。そんな風に今にも射殺しそうな目で私を見ないでください。私がその男なわけではありませんので」

そんなつもりはなかったのだが、東悟の視線になにやら物騒な気配を感じたのか、佐々木はひどく嫌そうに目を細めた。

「……その男の名は？」

「さぁ、知りません。でも世間知らずのあの子を騙《だま》すのなんて、赤子《あかご》の手を捻《ひね》るより簡単だったでしょうね」

「……っ」

「あの子の名誉のためにいっときますが、未遂です。嫌がって抵抗したら、思い切り頬を殴られたそうですけどね。すぐにホテルの従業員も駆けつけてくれたらしいですし、大事にはいたらなかったようです。それに、あまり騒がれたら困るとでも思ったんでしょうね。男は鈴音さんに無理やりお金を握らせて、逃げたみたいです」

ぎりと奥歯を噛み締める。

初めて会った日から、鈴音はとても無防備だった。

東悟が渡した木の実を、まるで宝物でももらったみたいにキラキラと目を輝かせて見ていた。

あのときの子供が源一郎の孫だと知ったときは、東悟も驚いたぐらいだ。海千山千を相手に会社を運営してきた源一郎が、どうりで『あれは、儂になにひとつ似たところがない』とぼやいていたはずである。

だからこそ東悟も、そんな鈴音を汚い世間から隔絶するように守ってきたというのに。

自分の知らないところでそんな危ない目にあっていたのかと思うと、目の前が怒りで赤く染まっていく。

鈴音を思い切り殴りつけたというその男を、今すぐ探し出して、半殺しにしてやりたいくらいだ。

「でも、そのことがあったせいで、鈴音さんもよく分かったそうですよ」

「なにをだ?」

「鈴音さんは『きっと自分も、同じようなことを東悟さんに強要していたんですね』って、泣きながら死ぬほど悔いてました」

(——馬鹿な)

鈴音とその男とでは、なにもかもが違う。

「ふざけるな」

「ふざけているのはあなたのほうです。そんな怪しげな男についていかなくちゃならないほど、鈴音さんを追い詰めたのは、一体誰です?」

「……」

「あの子が、あなたに一体なにをしたっていうんですか? 白河翁のやり方は確かに強引だったかもしれませんが、鈴音さんはただ、あなたのことを好きになっただけでしょう。それがそんなに責められるべきことなんですか?」

どうやら佐々木も東悟と同様に、かなりの怒りを腹にため込んでいたらしい。

普段は憎らしいぐらい冷静沈着な男が、珍しくその感情を覗かせたことに、どす黒い感情が渦巻《うずま》いてしまう。

「佐々木。……お前、随分と鈴音の肩をもつよな」

「ええ。あんなにいい子はそういないですからね。あの子はただ、あまりに世間知らずで、幼かっただけです。それも周りが彼にはどうせなにもできないと決めつけて、人形扱いしてきたせいでしょうけどね」

「……それが白河翁や、私のせいだとでも言いたいのか？」

「さあ。でもそれも、本人が必死に努力をして変わりました。そういう意味では、鈴音さんが多少強引にでも家を出たのは、正解だったのかもしれませんね。……もし、社長が今もただ、白河翁との取引のせいで仕方なく彼の面倒を見てやっているだけだというのなら、そろそろ鈴音さんのことは手放してあげたらどうですか？　彼はもう自分の力だけで、ちゃんとやっていけると思いますよ」

言いたいことを言うと、『では私は、まだ仕事がありますので』とさっさと席を立った佐々木を東悟は苦々しく見送った。

手元の書類へと再び目を落としたものの、その内容はまったく頭に入ってはこなくて、東悟は『くそ…っ』と低く毒づくと、書類をくしゃりと握りしめた。

結局あまり仕事は進まずに、東悟はいつもよりずっと早い時間に仕事を切り上げた。

すでに三沢は仕事を終えたらしく、一階には誰の気配もなかったけれど、鈴音の履き物は玄関にちゃんと置いてあるのを見つけて、ほっと息を吐く。

東悟は電気も点《つ》けずに暗いリビングを横切ると、そのままキッチンへと向かった。

かつては鈴音がいつもリビングで東悟の帰りを待っていたが、それもきつく『やめろ』と言ってからは姿を見かけなくなった。

(まぁ、そうじゃなくとも今は部屋から出てこないか……)

三沢とは普通に会話もしているらしいし、佐々木とは一緒の食卓で食事までしたらしいというのに、鈴音は自分とは顔を合わせることすら避けている。

そのことにむしゃくしゃするような苛立ちを募《つの》らせながら、東悟は暗闇の中で、グラスに注いだウィスキーをそのまま呷《あお》った。

こんな風に呑んだところでうまくもないが、それでも少しは気が紛《まぎ》れる。

空きっ腹に呑む酒は熱く、腹へと染《し》み渡っていく。

東悟は酒瓶とグラスを持ってリビングへと移動すると、大きめのソファにどかりと腰を下ろし、暗闇の中での酒盛りを始めた。

しばらくしてふと響いてくる物音に気が付いて、グラスから顔を上げる。

どうやらその物音は、一階の廊下の奥から響いているようだ。

（……風呂場か？）

奥の扉は洗面所へと続く通路だ。

とっくに三沢は離れに戻ったものだと思っていたが、もしや風呂掃除でもしているのだろうか。

ならばちょうどいい。ついでになにか軽くつまめるものでも見繕ってもらおうと思ってガチャリと扉を開けた東悟は、突然明るくなった室内で目を見開いた。

「……鈴音」

明るい洗面所にいたのは三沢ではなかった。

ちょうど風呂からあがったばかりなのか、濡れた黒髪を首筋にまとわりつかせた鈴音が、一糸まとわぬ姿で立っていた。

予想外の接触だったのは、どうやらどちらも同じだったらしい。

鈴音もまさかこんなに早い時間から東悟が帰ってきているとは思わなかったのか、しばしぽかんとした顔つきでこちらを見つめていた。

「東悟さん……」

久しぶりに、その唇に名を呼ばれた瞬間、ぞくりと皮膚が粟立《あわだ》った。

以前よりも少し日焼けしたようだったが、服に隠れていた皮膚の部分は変わらず白く、透けるような色をしている。

その肌がほんのりとピンク色に上気しており、たまらない色気を醸《かも》し出していた。

黒髪からぽたりと落ちた雫《しずく》が、細い背筋を通って鎖骨まで落ちてくる。

華奢《きゃしゃ》な項《うなじ》に東悟が口付けるたび、感じやすい身体はいつも甘く震えていた。

それを思い出した途端、じわりと下半身が熱くなる。

だが次の瞬間、鈴音ははっとしたように顔を強《こわ》ばらせると、その場でぱっとしゃがみ込んでしまった。

手にしていたタオルを慌てて身体に巻き付け、身を隠すようにしゃがみ込んだ鈴音の様子に、東悟はむっとして唇を引き結んだ。

「……なにをしてるんだ？」

まるで東悟には、見られたくないとでもいうような態度に目を細める。

以前の鈴音は、決してそんなことはしなかった。

初めて抱かれた日ですら、慣れない行為に驚きつつも東悟のすることに全てを任せ、裸になるのも厭《いと》わなかったはずだ。

なのに今では顔を見せることすら避けたがり、東悟からその身を隠そうとして必死になっている。

その変化がどうにも腹立たしかった。

「鈴音……立ちなさい」

「い、嫌です。……早く、早く出てってください」

しゃがみ込んだ鈴音を立たせようとして手を伸ばしたものの、鈴音は東悟の手から逃れるように小さく身を捩《よじ》った。

拒絶を隠さないその態度に、激しくショックを受けてしまう。

鈴音から手を振り払われたのは、これで二度目だ。

（……だいたい、どうして隠す必要がある？）

なぜ夫が、妻の身体を見てはいけないのか。

過去に何度もその肌を、好きにさせていたくせに。

「み、見ないでください。お願いだから、見ないで……」

「お前の裸なら、いまさら隠さなくても知ってる。これまでにもうさんざん見てるしな」

なのにいまさら出し惜しみして、なんになるというのか。

そう冷たく言い放った東悟は、そのとき鈴音の細い肩が小刻みに震えているのに気がついた。

（――――え？）

「おい。湯冷《ゆざ》めしてるんじゃないのか？　早く服を……」

その肩を抱き起こすようにして、鈴音を立ち上がらせる。

鈴音はそれに慌ててジタバタと暴れたが、いかんせん体格の差がありすぎた。

その拍子に、鈴音の身体を覆《おお》っていたはずのバスタオルが外れ、床にひらりと落ちていく。

両腕を取られ、裸体を思いきり東悟の前にさらすことになった鈴音は、ひどくショックを受けたみたいに顔を青ざめさせて、ぎゅっと強く目を瞑《つぶ》った。

「鈴音？　どうした……？」

気が付けば鈴音の目の端に透明のものが滲《にじ》んでいる。

それを見つけ、東悟は慌ててぱっとその手を放した。

（まさか……泣いてる？）

鈴音は自由になった手で、床に落ちたバスタオルをたぐり寄せると、再びその場にしゃがみ込みながら、頭からバスタオルを被ってしまった。

まるで今すぐここから消えてしまいたいとでも言うように、小さく蹲《うずくま》った背中。

そのあまりに頼りない姿を前にして、東悟はなすすべもなく狼狽《うろた》えるしかできなくなる。

もしや……少し強く、腕を掴みすぎたのだろうか？

それとも東悟に触られたことが、そんなにも嫌だったのか……。

「鈴音？」

「……………お、……女の人、みたいじゃなくて、……ごめんなさい…」

掠《かす》れるような小さな涙声が耳まで届いた瞬間、東悟は声を失った。

ぞっとするような震えが、全身に走り抜けていく。

(――そうか。そんな風に……思っていたのか)

鈴音は自分が男だという事実を、思っていた以上に気にしていたらしい。

その上で、また東悟に嫌なものを見せてしまったと本気で悔いているらしかった。

そのことに、今、この場になって東悟はようやく気が付く。

――バカじゃないのかと、思った。

だがすぐに、そうじゃないなとも思った。

(本気でバカなのは、俺のほうか……)

まるで、ハンマーで頭をかち割られたような気分だ。

「え……な、なに？」

鈴音の目の端に滲んだ綺麗な雫。

それを目にしたとき、東悟はふっと自分の中でなにかが切れるのを感じ、ぐいとその身体を強く抱き上げていた。


自分の身になにが起きているのか、鈴音は理解ができなかった。

突然、バスタオルごと東悟の腕に抱き上げられ、唖然としているうちに東悟はスタスタと廊下を歩き出したのだ。

どこへ連れて行くのかと思えば、一階の奥にある主寝室だ。

この家で暮らし始めた頃は、東悟と鈴音が一緒に使っていたが、今は東悟だけが寝起きしている部屋。

綺麗に敷かれたシーツに、そっと置かれてなにごとかと戸惑う。

東悟がこの部屋に鈴音を招き入れたことは、鈴音が倒れてからは一度もなかったはずなのに。

だがぎしりとベッドを軋《きし》ませながら、右手で自分のネクタイを素早く緩めた東悟が、なにをしようとしているのかに気付いて、鈴音はハッと身を竦ませた。

「い、やです」

「なにがだ?」

言いながらも、東悟はネクタイを抜き取り、シャツのボタンを外して鈴音の上に乗り上がってくる。

鈴音は慌ててシーツから起き上がろうとしたけれど、それよりも早く東悟が鈴音の両側にその腕をついた。

(……どうして、今さら……?)

東悟が自分を抱こうとしている。

少しだけ触れあった皮膚が熱くなり、見下ろしてくるその視線は、まるで美味しい獲物を前に狙《ねら》い澄ませた動物のようだ。

こくりと小さく、唾《つば》を呑む。

以前に抱かれていたときも、東悟はよくそんな目で鈴音を見下ろしていた。

「ぼ、僕はもう……あなたとは寝ません」

震える声でそれだけ告げると、東悟の眉がぴくりと跳ねた。

「じゃあ、これからは誰と寝るつもりだ?」

「……え?」

「俺をお払い箱にして、他の誰とこんなことをするのかと聞いてるんだ。一度男の味を覚えたら、他の男も試してみたくなったのか?」

「そ、んなんじゃ……なくて」

そんなつもりは毛頭ない。

だいたいどうして、いきなり東悟がその気になったのかもよく分からなかった。

この家を出る前も、連れ戻されてからも。鈴音のことなど、まるで棚に飾られた人形みたいに、気にもしていなかったくせに。

「言っておくけどな。俺は、自分のものを他人と共用する気はさらさらないぞ」

低い声で告げられて、鈴音は小さく息を飲み込んだ。

「だ、から……あなたとはちゃんと別れます……。もし、お祖父様《じい》との取引でなにか取り決めがあったとしても、大丈夫です。僕から財産や全ての権利はあなたに譲《ゆず》ると、弁護士の宮田《みやた》さんに頼むつもりで……」

自分ができることは、それくらいしかない。

祖父の時代からお世話になっている弁護士に頼めば、きっとうまくやってくれるはずだ。もともと会社の経営はすでに東悟に全て任せてあるのだし、鈴音が所有している会社の株や土地も、東悟に譲るべきなのだ。

会社経営などなにもしらない自分が持っていたところで、宝の持ち腐れでしかないのだから。

だが最後まで説明し終わる前に、ダンとベッドヘッドを叩く音が鳴り響いた。

その音に竦み上がる。

「……ふざけるな」

東悟に叱《しか》られたことはあっても、これまで一度として手を上げられたことはなかった。こんな風に、静かに威嚇《いかく》されたことも。

東悟が静かに怒っている姿を目にしたのは初めてだ。その分、彼の怒りの深さが知れた気がした。

そのまま東悟の唇が鈴音の首筋に落ちてくるのに気付いて、身を竦ませる。

「や、やめてください……っ。離して」

「どうしてだ。お前は俺のものなんだろう？」

言いながらそっと鈴音の身体に触れてきた手のひらは熱かった。

「だ、から。もう、そういうのはなしにするって……」

身体のラインをじっくりと辿《たど》られる久しぶりの感覚に、ぞくぞくとした痺《しび》れが湧き起こってくる。

「弁護士の話なんか知るか。……俺は、もとよりお前を手放す気はないぞ」

「な、なんでですか。どうして……っ」

自分と別れれば、東悟はようやく自由になれるはずなのに。

なぜ東悟はいまだに、こんな風に自分を困らせたりするのだろう。

自分のことなど、好きでもないくせに。

祖父と共謀してママゴトのような生活を手に入れた、甘やかされたお坊ちゃまだと、そう軽蔑しているくせに。

なのにどうして、今もまだ自分を狂わせようとするのか。

首筋の耳の下のライン。それから太腿の内側と、膝の裏。

鈴音の弱いところを知り尽くしている男の手は、やすやすと久しぶりの甘い感覚を引き出していく。

「は、離してくださ……い」

喉元にキスされた瞬間、ぶるりと全身が震えた。

そのまま唇は下降していき、鈴音の尖り始めていた胸の上に触れてくる。

「……ん、……あ…っ」

ちりっと軽く歯を立てるようにしてそこを甘く弄《いじ》られて、鈴音は身を捩って身悶《みもだ》えた。

思わず自分の唇から零れ落ちた甘ったるい嬌声《きょうせい》に、唇を慌てて押さえる。

「どうしてだ？　お前もしたいんだろう？」

したくない。もう、こんなことしたくなかった。

東悟に触れられるたび、死にそうになる。

胸が引きちぎられるように痛んでしまう。

(だから、もう嫌だ……)

絶対に愛されないことに絶望しながら、それでも優しく触れられたくなんてなかった。

「い、いやいや……抱かれたくなんか、ないです」

「……どういう意味だ？」

「あなたは、男なんて好きにはならないはずでしょう？　もう……無理して、僕にあわせなくてもいいんですから……」

なんとか腕でぐいと隙間《すきま》を作って、東悟の胸を押しやる。

「なんだ。そんな話か」

だが東悟はそう言って鈴音の手をとると、あっさりと自分の手の中に収め、指先にキスを落としてきた。

まるで慈《いつく》しまれているのかと錯覚《さっかく》するような愛撫《あいぶ》に、肩が震える。

「そんな話って……」

「俺が女しかダメだなんて誰が決めたんだ？　たしかにこれまでつきあった相手は女ばかりだったけどな。だからといって、別に男が絶対にダメってわけじゃない」

「……え？」

「実際に、学生時代にはクラスの男から告白されたこともあるぞ。……つきあいはしなかったが、別に気分は悪くなかった」

思いもかけない告白に、目を見開く。

「……知りません、でした」

「だから別にお前のことも、無理やり抱いてるわけじゃない。……俺は、結婚したら不貞はしないと決めてるんだ。なのに、お前を抱いてなにが悪い？　お前は俺のパートナーになったんだろう？」

「…………他人から、無理やり決められた相手なのに？」

「べつに……無理やりだったわけじゃない。俺が、それでもいいと決めただけだ」

東悟はそう告げると、再び鈴音の手のひらにキスを落としてきた。

「それに……お前の身体はどこも綺麗だし、気に入ってる」

「え……?」

一瞬、囁《ささや》かれた言葉の意味がよく分からなくて、ぽかんと目を見開く。

東悟は鈴音の抵抗がなくなったことを確認すると、素早く全ての服を脱ぎ捨て、その熱い身体で全身を覆うように重なってきた。

久しぶりに触れ合った東悟の下半身は、すでに火傷《やけど》するみたいに熱くなっていた。

そのことに、鈴音は凝りもせず胸がドキリと騒ぐのを感じる。

「……ほら、もういいだろう。いい加減、黙って集中させろ」

言いながら、男の唇が薄っぺらな胸の真ん中にそっと落ちてくる。

瞬間、鈴音は喉《のど》の奥から熱くこみ上げてくるものを無理やり飲み込むように、ぎゅっと強く目を閉じた。


心臓が、今すぐにでも破裂しそうなほど早鐘《はやがね》を打っていた。

数か月ぶりに、なぜか東悟《とうご》の腕の中にいる。この状況に鈴音《すずね》の頭の中はパニックになっていた。

……もう二度と、彼から触れられることはないだろうと思っていたのに。

東悟の腕の中にいるときは、鈴音はいつもドキドキし過ぎてなにも考えられなくなってしまう。

しなやかに筋肉のついた大人の男の身体は、腕の長さも、胸板の厚さも……自分とはまるで違っている。

「鈴音……」

（……あ……）

耳元で名を囁《ささや》かれながら少しだけアルコールの香りが漂《ただよ》う唇が落ちてきた瞬間、鈴音はもはや抵抗することすらも忘れて、大人しくその唇を受け入れていた。

一瞬だけ触れた唇はすぐに離れると、今度はもう少し長く重ね合わされる。

（……東悟さんの、キスだ……）

家を出てからも、何度も夢の中でも思い出していたキス。

東悟のくれるキスは、いつも最初は羽のように柔らかく始まる。

まるで、鈴音の様子をそっと窺《うかが》うみたいに。

回数を重ねるごとに次第にそのキスは熱を帯びていき、最後は苦しいぐらいにきつく抱き締められながら、深く口腔《こうこう》を貪《むさぼ》られることになる。

「ん……」

息を繋《つな》ぐのが大変なほど、何度も角度を変えては落ちてくる口づけに、鈴音はいつも自分が獲物になってしまったような錯覚を覚える。

なんだか、東悟に食べられてるみたいだ。

「……あ……、っ…ゃ…」

キスの合間にも東悟の手は止まることなく、鈴音の身体のラインを確かめるようにあちこち撫《な》で回してくる。

その動きに翻弄《ほんろう》されつつも、鈴音はいまだこみ上げてくる不安に身を震わせた。

(本当に、嫌じゃないのかな……?)

男でも別に気にしないと、東悟はそう口にしていたけれど……。

彼の手に、自分の身体はちゃんと馴染《なじ》んでいるのだろうか?

薄っぺらくてつまらないと、そう思われているんじゃないのか。

考えれば考えるほど頭の中はどんどん混乱していき、息をするのも忘れてしまいそうになる。

「……ま…待って…!」

太腿の内側を辿《たど》っていた手のひらが、どこに向かっているのかにはっと気が付いて、鈴音は慌《あわ》てて声を上げた。

「待たない。……何か月ぶりだと思ってるんだ?」

無慈悲に囁くと、東悟の手のひらが鈴音の下半身へと触れてきた。

って目を閉じる。

大きな手のひらにそこを包み込まれた瞬間、鈴音はどっとこみ上げてきた羞恥心《しゅうち》に、髪を振
（……死にたいくらい、恥ずかしい……）

口では『嫌だ』『やめてほしい』などと言いつつも、鈴音の身体はあっという間に東悟の愛《あい》撫《ぶ》を受け入れてしまっている。

好きな男に触れられた途端、正直にも反応してしまう身体が恨《うら》めしかった。

すでに熱くなり、硬く兆《きざ》していたそこを東悟の手にきゅっと包み込まれると、息が止まりそうになってしまう。

「ああ、もう先が濡れはじめてるな……」

囁きに、頭の中がカッと赤く染まった気がした。

彼の言うとおりだ。鈴音のそこは東悟からもらったキスや、軽い愛撫だけで、はしたなくもすでに蜜《みつ》を零《こぼ》し始めていた。

それが居たたまれなくて、鈴音は両腕をクロスして顔を覆《おお》った。

だが東悟はその腕をやや強引に外すと、またもやキスの雨をたくさん降らせてきた。

しかもなんだかその表情は、どこか嬉《うれ》しそうにも見える。

「ん…、ふ……っ」

（変なの。なんで……嬉しそうになんて見えるんだろう……？）

だいたいどうして、今日に限って電気を消してくれないのか？

以前抱かれていたときは、恥ずかしがる鈴音に合わせて、いつも部屋をかなり暗くしていてくれたのに。

今日の東悟は、まったく明りを落とす気配がない。

ルームライトは最大とまでは言わないまでも、十分に互いの表情や身体の隅々まで見えるほどの明るさのままだ。そんな明るさの中で、鈴音の全身をくまなくチェックするみたいに、丁寧に愛撫してくる東悟の気がしれなかった。

肋《あばら》の浮いた痩《や》せっぽちの身体なんて、見ても気が削《そ》がれるだけなのに……。

「ここの色は、あまり変わってないな…」

言いながら、内股のあたりを撫《な》でられる。

「な……っ」

「下着の中までは日焼けしないからか。……胸も、綺麗なピンク色のままだな。弄《いじ》るとすぐ、赤くなる」

そんな感想、言わないでほしいのに。

堪《こら》えきれなくなり、涙目のまま東悟の視線から身を隠すように身を捩《よじ》る。

あの野性的な黒い瞳《ひとみ》の前で、あまりみっともない姿を晒《さら》したくなかった。

「な…なんで……っ」

だが今夜の東悟はどこか少し意地悪で、強引だった。

東悟は身を捩りかけた鈴音をやすやすと押さえ込むと、なにも隠すのは許さないとでもいうように、のし掛かってきたのだ。

「……んん…っ」

そうして胸の粒にキスを落としたあと、そのまま吸い付いてくる。

すぐにぷくりと立ち上がったそこを丁寧《ていねい》に舐《な》めながら、すでに反応していた下半身をゆったりと撫で擦《こす》られて、鈴音は高い声を上げた。

「あ…っ！」

敏感な胸を唇や舌で弄られながら、熱くなったそこをその手で上下に扱《しご》かれてしまえば、もはや声を耐えるのは難しかった。

「ダメ…。それ、ダメ……ですっ、ん……あ…、あ…っ」

（どうしよう、どうしよう……）

気持ちいい。……気持ちがいい。

声が溢《あふ》れるのが止まらなくなってしまう。

――男のくせに派手に乱れてみっともないと、そう思われたくないのに。

こんな声、聞かせたくないのに。

「……っ」

巧《たく》みな愛撫に追い上げられて、あられもない悲鳴が漏《も》れそうになるのが怖くて、鈴音は慌てて自分の手で口元を押さえた。

そうして唇をきつく噛み締めるようにして、溢れ出しそうな声を必死に押し殺す。

「よせ！」

「……？」

だがそれにはっと気付いた東悟が、鈴音の手を摑んで強引に口元から引きはがしてしまう。

「鈴音。お前……さっきからなにしてるんだ？」

「……え…？」

「どうして、声を噛み殺してる？」

気付けば下唇に少しだけ血が滲《にじ》んでいたらしい。

東悟はそれに痛ましげに目を細めると、その傷を癒すみたいにぺろりと鈴音の唇を舐めとった。

「普通にしてろ」

「…で、も……」

「でももくそもあるか。……まるで俺が無理矢理抱いているみたいな態度は、気が削がれるだろうが」

東悟はそう告げると、ぷいと顔を背けてそっぽを向いた。

「それとも……嫌なのか？」

「……え？」

「……俺に抱かれるのが、そんなにも嫌なのかと聞いてるんだ！」

やけっぱちのように問われて、鈴音はぽかんとその横顔を見上げた。

なにを言っているのだろうと思った。

（そんなわけないのに）

自分は離れている間もずっと、東悟のことばかり繰り返し思い出していたぐらいだ。

むしろ、嫌々なのは東悟のほうではないのだろうか？

「ち、違います…。……ただ…みっともないし、……嫌だろうと、思った……ので」

東悟にちょっと触れられただけで、どうしようもなく乱れて反応している自分が、情けなかった。

そこにきて男の喘《あえ》ぎ声なんて聞かせても、東悟がうんざりするだけだろう。

ふるふると小さく首を横に振る。すると、鈴音の上で東悟がほっと小さく息を吐く音が聞こえた気がした。

「声ぐらい素直に出せ。……じゃないと、抱いてる俺がきついだろうが」

「え……？」

小さなぼやきにどういう意味だろうかと、首を傾《かし》げる。

「だいたいお前の声で萎《な》えるなら、こんな風になると思うのか？　……どうなってるか、自分でちゃんと確かめて見ろ」

言いながら東悟は鈴音の手をとると、そのまま自分の下半身へと導いた。

東悟のそこに触れた瞬間、びくりと指先が震えた。

（嘘……すごい、大きい……）

東悟のそこは火傷《やけど》しそうなほど熱く、そして硬くなっていた。……鈴音以上に。

――彼が自分の身体に触れて、キスをして。

それでこんなにも興奮してくれている。

そう認めた途端、かぁぁと全身が燃えるように熱くなり、鈴音は自分の上にいる東悟の顔をじっと見つめた。

（本当に、したいと思ってくれてる……？）

自分のことを、たまらなく抱きたいと？

「分かったなら、お前は余計なことばかり考えないで……ただ気持ちよくなっていればいいんだ」

言い切ると再び落ちてきた東悟の優しいキスに、鈴音は胸の奥がジンと熱くなるのを感じながら、小さくこくりと頷《うなず》いた。

目が覚めてしばらくの間、鈴音はふわふわとした真っ白な世界にいた。

甘い痺《しび》れがあちこちに残る身体は重く、ぼんやりとしたまま目を瞬かせる。

（……ここ、東悟さんの部屋だ）

というより、以前は二人で使っていたはずの寝室だ。

東悟はもう起きたあとなのか、部屋の中には気配《けはい》すらもなかったけれど、覚えのある景色に鈴音はすっと目を閉じた。

昨夜――鈴音は、東悟に抱かれた。

（また……寝ちゃった）

もう二度と触れることもないと思っていたはずの相手と、なぜまた寝てしまったりしたのだろう？

こんな風にあとからきつくなると知っていながら、どうして自分は、最後まであの手を拒《こば》めなかったのか。

（――でも、嬉しかったんだ）

東悟は、鈴音を欲しがってくれた。

それがたとえ、鈴音に対する義務感からだったとしても。

東悟は正式なパートナーがいる間は、不貞を働く気もないし、他の誰かを抱くつもりもないという。

そういう意味では、彼はとても律儀《りちぎ》な人なのだと思う。

祖父とどんな取り決めをしたのかは分からないけれど、彼はその約束をちゃんと果たそうとしてくれているのだ。

東悟が自分に触れていなかった間、もしかしたらどこかで他の女性の元に通っているのかもしれない……と覚悟もしていたから、あの瞬間、言い表せないほどの喜びが胸に溢れた。

(そんなことで死ぬほど嬉しくなってるなんて、バカみたいだけど)

東悟が自分を抱くのは、決して愛からじゃないことを知っている。

それでも好きな相手からあんな風にストレートに欲しがられて、拒み続けることはどうしてもできなかったのだ。

あとから虚《むな》しくなるのが分かっていても、抱かれている間はとても幸せな気がした。

相変わらず東悟の愛撫は、激しいけれどどこか優しかった。

数か月ぶりということもあって、東悟はキスを繰り返しながら、かなり慎重に鈴音の身体をじっくりと開いていった。

そのくせ一度繋《つな》がってしまったあとは、もう全身が蕩《とろ》けてしまうのではないかというぐらい、一方的に可愛がられた。

昨夜の鈴音は、自分でも数え切れないくらい、何度も前から蜜を溢れさせていた気がする。

一度目は、東悟を受け入れた瞬間に。

その後もゆっくりと中で動きだした東悟の熱に引きずられるように、あっという間に意識をさらわれ、気が付けば東悟とともに二度目もあっさりと放ってしまっていた。

だがそれだけでは、東悟にとってはまだ物足りなかったらしい。

達したあとも抜いてもらえないまま、『もう一度……』と、深いところでゆったり腰を動かされ続け、鈴音はイッたばかりで敏感になっている中を、熱い昂《たか》ぶりで擦《こす》られる感覚に啜《すす》り泣いた。

そのあとのことはもう……よく覚えていない。

東悟を中に迎え入れたまま、前を弄られたり、胸を弄られたり。

たて続けにイカされ、鈴音が『や、無理……です。……も、出ない……』と泣いても東悟は放してくれず、全身がぐずぐずになるまで貪られた気がする。

ようやく離してもらえたときには、鈴音は自力で立ち上がることもできなくなっていた。東悟は責任を感じたのか、よろよろになった鈴音を再び抱き上げると、風呂場まで運んでくれた。

だがそこで身体を洗ってもらっているうちに、なぜだかまた怪しい雰囲気になってきて、『悪い…』と小さく言いながら再び重なってきた男の身体を、鈴音はもう押しのけることすらもできなかった。

東悟の形に開かれていた身体は、なんの抵抗もなく彼を深く飲み込み、すぐにまた喜んで震え出した。

（あんなにしたの……初めてだ）

風呂場で抱かれたのも初めてだったが、あまりに響く自分の声と濡れた水音に、鈴音は真っ赤になりながら、ただもう東悟の広い胸にしがみつくしかできなくて……そのあたりから記憶は途切れたままだ。

（なんか、まだ……中に東悟さんがいるみたいな気がする……）

そう思ったら、身体の奥がジン……と痺れだし、鈴音は熱くなった頬をシーツへとぽすりと埋めた。

全身は重かったし、疲れ切ってはいたけれど、その疲労感は決して不快なものではなかった。甘くてとろりとしたシロップが、爪先まで詰まってるみたいだ……。

（……気を付けないと……）

こんなことが続いたら、自分はバカだから、きっとまた勘違いをしてしまう。

『彼はやっぱり自分を愛してくれているのかもしれない』と、そんな身の程知らずなことを錯覚してしまいかねない。

……それは、あり得ないことだと知っていながら。

東悟は意識を飛ばしたあとの鈴音の髪や身体を洗い、その後、丁寧《ていねい》に拭《ぬぐ》うことまでしてくれたらしい。

目が覚めたときには綺麗に身繕《みづくろ》いされ、再び東悟のベッドで寝かされていたが、本人の姿はなく、朝早くからまた仕事へと出かけたらしかった。

（少しは眠れたのかな……？）

基本的に、東悟はあまり眠らない。

いつも朝早く起きるし、夜はとても遅くベッドに入る。

そのため鈴音は以前は同じベッドで寝ていても、彼の寝顔をほとんど目にしたことがなかった。

佐々木からも、彼の眠りはかなり浅いと聞いたことがある。

東悟はきっと、自分のテリトリー内に他人がいると、気が休まらないタイプなのだろう。

（……だからさっさと起きて、いい加減客間に戻らないと）

頭ではそう分かっているのに、顔を埋めたままのシーツからは東悟の懐かしい香りがして、鈴音はなかなかベッドから起き上がることができなかった。

その日から、鈴音は東悟の寝室に呼ばれることが増えた。

東悟はいつも朝早くから会社に出ていき、遅くなるまで帰ってこない。

その合間に鈴音を三日とあけずに抱いているのだから、その体力には本当に舌を巻いてしまう。

顔を合わせればすぐにベッドに連れ込まれてしまうことも多く、会話はあまりしていない。

鈴音がここから出て独り立ちしたいと告げた話も、立ち消えになったままだ。

(今日こそはちゃんと、話したいけれど……)

そろそろ、フジのところでも稲刈りが始まる時期のはずだ。

田植えと稲刈りのシーズンは、毎年かなり忙しいと聞いている。

特に若手の跡継ぎがいない家では、人手が足りないこともある。

そのため村中が総出で協力して、稲を刈っていくのが習わしとなっているのだ。

今年はその時期が来たら、鈴音と竜平《りゅうへい》がヘルプに入って手伝うと約束していたのだが。

(このままじゃ、間に合わなくなってしまう……)

フジの家にいた頃に、鈴音はよく差し入れにきてくれていた隣近所の老人たちと、茶飲み友達になった。

できれば彼らとの約束を守りたい。

そのためにもちゃんと東悟に話をしなくては……とそう思い、彼の帰りをリビンクで待っていた鈴音は、ガチャリという音が聞こえたのに気付いて、慌ててソファから立ち上がった。

「あの……お帰りなさい」

いつもなら二階の客間にいるはずの鈴音が、久しぶりに部屋から出て自分を待っていたことが、よほど意外だったらしい。

東悟は目を見開くと、『……ああ、うん。ただいま』と小さく頷いた。

「今、お茶を淹《い》れますね」

忙しさで疲れているのか、東悟の顔色はあまり良くなかった。

それに気付いていて、まずは一息入れてもらうためにもお茶を淹れようと慌ててキッチンに向かう。

お茶の美味しい淹れ方については三沢から教えてもらったし、すでに及第点ももらっている。

カウンターの中で急須《きゅうす》を取り出し、お茶の準備をしていると、背後からいつの間にか近づいてきた東悟が、その額《ひたい》を鈴音の肩口に押しあててきた。

（……え…？）

「あ、あの……東悟さ…？　…あ…っ」

項《うなじ》に熱い唇が落ちてくる。

その途端、ぞくぞくっとした痺れがそこから広がっていき、背筋にぶわっと甘いなにかが走り抜けていった。

「ちょ…ちょっと待ってください。今、お茶を……」

「……お茶はいい」

「……っっ」

首筋に唇を押し当てながら話されると、振動が伝わってきてびりびりしてしまう。しかも背後から回り込んできた東悟の手が、かっちりとホールドするように鈴音の腰に回されてきた。

東悟の胸の中にすっぽりと収まった鈴音は、それだけで顔が火照《ほて》って熱くなってくる。

「あの、でも……ちょっと。今日は話があるので……っ。お茶を先に……」

このままなし崩《くず》しに、ベッドに連れて行かれる訳にはいかない。

寝室に連れて行かれたら最後、あとはいつもなにも考えられなくなってしまう。

「お茶よりも、お前がいい」

囁くようなその声にくらりと目眩《めまい》を覚えた瞬間、カリ…と耳朶《みみたぶ》に軽く歯を立てられた。

微かに鼻腔を掠めていく、甘くスパイシーな香り。

クイと顎《あご》をとられ、振り向くと、止める間もなく優しい唇が落ちてきて、羽のようなキスを落とされた。

鈴音の心の扉までノックするような優しいキス。

鈴音はそれに観念するように目を閉じると、唇を薄く開いて、近づいてくる東悟の舌を自分から受け入れた。

はっと目が覚めたとき、まだ寝室の中は暗かった。

東悟の邪魔はしないようにと決めていたはずなのに、気が付けば東悟の腕を枕にして、思いきり寝入ってしまっていたらしい。

ベッド脇の時計に目を向けると、まだ二時少し前といったところか。

（珍しい。東悟さんが眠ってる……）

先ほどまで鈴音をベッドの中でさんざん泣かせていたはずの東悟は、鈴音に腕を貸したまま、すうすうと静かな寝息を立てていた。

その珍しい光景に、じっと目を奪われてしまう。

高い鼻梁《びりょう》。形良く秀《ひい》でた額に、目を閉じていても整っていると分かる顔立ち。

その瞳はいまは閉じられているが、普段は黒く魅力的に輝いていることを知っている。

いつもならこんな風に東悟が無防備に人前で眠ることはあまりないはずだが、よほど疲れているのだろうか。

（静かに起きないと……）

鈴音はいまだ甘い痺れの残る全身を叱咤《しった》してなんとか起き上がると、東悟が眠るベッドからそっと離れた。

寝間着代わりにしている浴衣《ゆかた》を羽織《はお》り、風呂場へと向かう。

歩いているうちに、内股を伝ってきた雫《しずく》にかぁっと頬が赤くなり、鈴音は慌ててシャワーの下へと駆け込んだ。

（……東悟さん、疲れてるのかな）

それもあんな生活ぶりでは仕方ないかとも思う。

詳《くわ》しいことはよく分からないが、東悟が白河《しらかわ》グループをついでからというもの、かなりの改革を推し進めているらしい。そのせいで遠い親戚筋の古株たちとは、かなり揉《も》めていると聞いている。

それでも愚痴《ぐち》一つ零《こぼ》さない東悟は、彼なりに白河グループをいい方へ変えていこうと必死なのかもしれない。

そんな彼が疲れたように眠っている姿を目にしたら、話をするために揺り起こすことなど、とてもできそうになかった。

そうじゃなくても、東悟の眠りは浅いのだ。

自分にできるのは……ただ彼の邪魔にならないよう、事が終わったら素早く離れることくらいしかない。

今日みたいに気が付くと寝入ってしまっている日もあるが、これからはできるだけ適切な距離を保てるように、心がけていくつもりだ。

（……いつか東悟さんから離れても、ちゃんと一人で生きていけるように）

甘ったるい感覚が残る身体をなんとか洗い終えると、鈴音は風呂から出て、髪を乾かしはじめた。

だが洗面所を出た途端、廊下の真ん中にぬっと立ち塞がっている大きな影に気付いて、鈴音はびくりと身を竦《すく》ませた。

「……どこへ行くつもりだ？」

東悟だった。

「え……？　あの、いつものように、二階の客間に……」

（なんだか怒ってる……？）

廊下の薄暗い電灯の下で、じっとこちらを見つめてくる男の顔は、ひどく不機嫌そうに見えた。

珍しくぐっすりと寝ていた東悟を起こさぬように静かに出てきたつもりだったが、もしかしたら寝入りばなを起こされて、苛《いら》ついているのかもしれない。

「どうしてだ？」

「はい？」

「……なぜお前は、帰ってきてから一度も自室で寝ようとしない？」

「え……？」

「もしかして、俺へのあてつけのつもりか?」

「あてつけっ……て?」

東悟が怒っている理由が、鈴音にはよく分からなかった。

思わず首を傾《かし》げると、東悟はますます苛立った様子できつく目を眇《すが》めた。

「いつも終わった途端、さっさと部屋から出て行って二度と戻ってこないだろう! あれはなんなんだ? 無理やり家に連れて帰った俺に対するあてつけのつもりか? それとも……そんなにも俺と一緒にいるのが、嫌なのか?」

「ち……違います!」

「なにがどう違う?」

「そうじゃなくて…。東悟さんは眠りが浅いし、傍に誰かがいると眠れないと聞いたので……」

以前はそんなことすら気にもせずに、ただ彼に甘えるだけの毎日だった。

好きな人の隣にいられるだけで幸せで……東悟が自分の横では眠れないことにも気付かずにいた。

なるべく素早くベッドを出るようにしているのは、これ以上、邪魔なやつだなと思われたくないからだ。

だがそう告げた途端、東悟の顔が歪《ゆが》むのが見えた。

「……誰から聞いたんだ？」

「え…、あの。佐々木さんから……。社長はいつも眠りが浅いようなので、気を付けてあげて下さいと」

「アイツ……。それで、お前はいつも先にベッドから抜け出してたのか？」

こくりと頷くと、東悟は拍子抜けしたように肩から力を抜いた。そうしてほろ苦い顔のまま、大きく溜《た》め息を吐《つ》く。

「な、なに…っ」

ふいに近づいてきた東悟に、いきなり抱き上げられて驚いた。

いわゆるお姫様抱っこのまま運ばれていき、辿り着いたのは先ほどまで二人でいた東悟のベッドだ。

わけが分からず、目を白黒させているうちに東悟はぽんと鈴音の身体をベッドの上に置くと、自分もその隣《となり》でごろりと横になってしまった。

「ここで寝ろ」

「……え？　でも…」

「ここはお前の部屋でもあるんだから、遠慮することはないだろ。……どうせこんなにデカいベッドだ。お前みたいな小柄なヤツが一人いたくらいで、邪魔にもならない」

そういうと東悟は枕元にあったリモコンへと手を伸ばし、部屋の明りを落としてしまった。

どうやら本気でこのまま、二人で眠るつもりでいるらしい。

（……どうして？）

「それよりもいきなりいなくなるな。……そのほうが気になって眠れないだろうが」

「え……？」

暗闇の中、小さくぼそりと聞こえて来た声に一瞬、固まってしまう。

よく聞き取れなかったので聞き返そうとしたけれど、東悟はぐるりと横を向くと、鈴音に背を向けてしまった。

「……目を開けたらお前がいなかったから。また……出ていったのかと思ったんだ」

闇の中で聞こえた声に、鈴音は小さく息を呑んだ。

――もしかして……と、思った。

（この人は……本当は、すごく寂しいんじゃないだろうか？）

東悟の両親も鈴音と同じく早くに亡くなっており、一人いた弟も病気で失ったという話を、耳にしたことがある。

ずっと一人きりで生きてきた彼が、鈴音に『俺と家族にならないか』と誘ってくれたあの言葉は、もしかしたら全部が嘘ではなかったのかもしれない。

お互いに親しい身内はもうとっくにおらず、この広い世界で一人きり。

そのことが、とてもきつく感じる夜がある。

祖父を亡くして泣いていたとき、ずっと傍にいてくれたのは東悟だった。

ならば少しくらい、自分もそのお返しをしたいと思ってもいいだろうか？

そっぽを向いたままの東悟の広い背中が、カーテンの隙間からうっすらと差し込む月明かりの中で、ぼんやりと静かに光って見えた。

名声もお金もなにもかも持っていて、祖父に似て尊大で、ときどき強引なところもあって。

ちっぽけな鈴音の存在などに決して左右されたりしない、大人の男なのだとそう思っていたけれど。

(もしかしたら……それだけじゃないのかもしれない)

そう感じた瞬間、目の前にある広い背中がとても寂しそうに見えてきて、鈴音は寄り添うように東悟の背中にそっと身を寄せた。

一瞬、びくりと背中が震えるのが伝わってくる。

『あまりベタベタするな』と振り払われるかと思って一瞬、身構えたけれど、東悟はそれに対してなにも言わなかった。

代わりに、前から伸びてきた手に指先をとられ、きゅっと握りしめられる。

(――なんだか、自分のほうが彼を抱きしめているみたいだ)

手を繋いだままぴったりと寄り添っていると、触れたところからじわじわとした温もりが伝わってくる。

これまで何度もその肌と肌とを重ねたことがあるはずなのに、このとき鈴音は生まれて初めて、東悟にちゃんと触れられた気がした。

そうして雪山で遭難した人間のように、互いの温もりに身を寄せあっているうちに、気が付けば鈴音は東悟とともに深い眠りについていた。


「パーティ……ですか？」

「ああ」

東悟が以前、友人達と立ち上げたというＩＴ企業の創立記念パーティ。

それに呼ばれているのだと、東悟は朝食をとりながら口を開いた。

「お前も一緒に行かないか？」

「でも……部外者の僕が、参加してもいいんでしょうか……？」

「そんなことはもちろん気にしなくていい。……それにお前は、別に部外者なんかじゃないだろうが」

「え？」

思わず聞き返してしまったけれど、東悟はそれ以上はなにも答えず、手にした茶碗のご飯をかき込んだ。

（……パーティか。いつもなんだか居場所がなくて、居心地が悪くて。ただ時間が過ぎるのを待つばかりだったけど…）

今ではそれは少し違うのだと知っている。

居場所がなくてつまらないと感じるのは、自分から動こうとしていないからだ。

率先して人と関わったり、会話をしたりすることで、人と人の間に暖かな空気が流れ、居場所ができる。

『周りの人が優しくしてくれない』だとか『自分の場所を誰も作ってくれない』と拗《す》ねていてもなにも変わらないのだと、フジの家で教えてもらった。

「分かりました。ご一緒させていただきます」

鈴音が頷くと、東悟はどこかほっとしたような、溢れた喜びを無理やり押し隠すかのような不思議な表情で、『そうか』と呟いた。

「じゃあ……行ってくる」

「はい。いってらっしゃいませ」

久しぶりに玄関先で三沢と共に東悟を見送ると、東悟は少しだけ唇を歪ませつつくるりと背を向け、小さく手をあげて出ていった。

――再び一緒のベッドで眠るようになってからというもの、なんだか東悟も少しだけ変わった気がする。

相変わらずぶっきらぼうだが前よりもずっと話をしてくれるし、こうして鈴音と一緒に朝食をとる機会も増えた。

会社から戻ってくる時間も早くなったようだ。その分、夕食後に書斎に籠《こ》もって仕事をしていることもあるけれど、同じ家で暮らしていても顔すら合わせることがなかったこれまでとは、雲泥《うんでい》の差だった。

ただ——残念ながら、鈴音が独り立ちする件の話については、相変わらず平行線を辿ったままだ。

思い切って『できればフジさんや竜君と約束したとおり、今年の稲刈りを手伝いに行きたいんです』と伝えてみたものの、東悟はむっつりと怖い顔で黙り込んでしまっただけで、なにも答えてはくれなかった。

そうして気が付けば東悟の腕の中へと引き寄せられ、キスを繰り返されて。結局はまたなしくずしのようにベッドへと連れ込まれてしまったけれど……。

(これじゃなにも変わらないままだし。……どうにかしないと)

ただこれまでの東悟だったら、頭ごなしに『ダメだ』の一点張りで、聞く耳すら持ってもらえなかった。

でも今は怖い顔を見せながらも、鈴音の言葉に少しだけ耳を傾けてくれている気がするのは、気のせいだろうか？

「鈴音さん。今日はこのあと少し食材の買い出しに出る予定ですが、なにか食べたいものなどはございますか？」

「ええと、三沢さんの作ってくれるものはなんでも美味しいので、特にこれじゃないというのはないんですけれど……。あ、この前の鮭ときのこのシチューもすごく美味しかったです。ブロッコリーの天麩羅も絶品で…」

本当はこういうとき、ちゃんとリクエストをしたほうがいいのだろう。

だが不意打ちの質問にとっさに答えられず、頭を悩ませながらも正直に答えると、三沢はなぜかコホンと小さく咳払いしたあとで、『分かりました』と頷いた。

「では、こちらで適当に考えさせていただきますので」

「あ、はい。よろしくお願いします」

いつもは表情を崩さない彼女が、なぜだか今日は少しだけ早口だ。

そうして珍しくも一瞬だけ頬を染めた三沢は、そそくさと屋敷を出て行ってしまった。

東悟も仕事で、三沢も不在となると、この家の中では途端にやることがなくなってしまう。

以前のように部屋の中に閉じこもって絵を描くこともあまりしなくなったし、本を読むのももう飽《あ》きた。

なにより、フジとの約束が気になってしまって、それどころではないのだ。

フジとは話ができていないものの、ときどき竜平からは近況報告を兼ねたメールが来る。

それによれば、フジも竜平もご近所の老人たちも元気だが、みんなどことなく寂しそうにしているらしい。

そんな話を耳にしてしまえば、やはり胸が騒ぐ。

だが東悟の反対を押し切って無理やり家を出たところで、なにも変わらないことは分かっていた。

なによりも鈴音が家から出ることに、妙にピリピリしている東悟を無視したくはなかった。

（せっかく……今は落ち着いてきているのに）

先日、『お前がいても邪魔にはならない』と口にしていた通り、ここ最近、隣に鈴音が寝ていても、東悟は気にせずによく眠っているようだ。ときにはベッドの中で、抱き枕代わりにされることもある。

そんな風に東悟との関係が落ち着いてきている今、強引に家を出る話をすすめていいのか、よく分からなかった。

そのとき、玄関からインターホンが鳴る音が聞こえてきた。

買い物に出た三沢の代わりに立ち上がった鈴音は、だがモニターに映った人影を確認した瞬間、すっと全身の血が下がるのを感じた。

（栞《しおり》さんだ……）

鈴音にとって彼女は、会えて嬉しいとはあまり言い難い客だ。

でも栞は東悟の仕事仲間であり、ないがしろにできる相手ではない。

仕方なく玄関の鍵を開けると、待ちかねていたように栞は家の中へとズカズカ足を踏み入れてきた。

「ああ、十月になったっていうのにいつまでも暑いわね。三沢さん、アイスコーヒーお願い。それと今日の夕方から社長はパーティに出席のはずだから、私が選んであげた服にアイロンを……」

言いながらパンプスを脱ぎ、勝手知ったる様子で中まで上がり込んできた栞は、だが扉を開けたのが三沢でないことに気が付くと、目を見開いた。

「え……?」

「栞さん、こんにちは。お久しぶりです」

ぽかんとした顔の栞に向かって、頭を下げる。

だが栞は挨拶を返そうともせず、まじまじと鈴音を見つめたあとで、わなわなと口を開いた。

「ちょっと……っ！　なんであなたがこの家にいるのよ?」

「え……?」

「もうとっくに出ていったはずじゃなかったの?」

栞の驚愕ももっともだ。

鈴音が『その、色々とありまして……』と口ごもると、栞はわけが分からないという顔つきで、こちらをじっと見つめてきた。

「あの、玄関先ではなんですからどうぞ中へ。今、三沢さんは外出しているので、僕がコーヒーを淹《い》れますね」

栞とは、できればあまりもめたくない。

とりあえず、アイスコーヒーを淹れようとリビングへと促《うなが》すと、栞は憎々しげに顔を歪めながらどかっとソファに腰を下ろした。

いつもは大人の余裕を見せながら、ちくちくとした嫌味を投げてくるはずの彼女が、面と向かって不快な態度を隠さないのは珍しい。つまりそれだけ苛立っているということなのだろう。

クラッチバッグの中からタバコを取り出した栞は、それを口に咥《くわ》えると、手慣れた様子で火をつけた。

「なによ？」

「い、いえ。タバコとか……吸われるんですね」

「あら、知らなかった？」

「……っ」

言いながら栞は口の中に含んだタバコの煙を、わざと鈴音に向かってふぅと大きく吐き出した。

その煙が目と喉《のど》に染みて、咽《む》せそうになってしまう。

「でも……あなたも、あれだけ派手な家出騒ぎを起こしておいて、図々しくもよくこの屋敷に戻ってこられたわね？　しかも男のクセして、身体を使って誑《たら》し込むとか、恥ずかしくないのかしら？」

言われた台詞《せりふ》の意味がよく分からなくて、『え？』と目を見張る。

すると栞は呆れたような顔で、タバコを咥えたまま、トントンと首筋のあたりを指で示した。

栞のリクエストどおり、アイスコーヒーの入ったグラスを彼女の前に差しだしていた鈴音は、その仕草に首を傾げた。

だがその一瞬後、なにを言われたのかにようやく気付いて、慌ててばっと首筋を手で押さえる。

かぁぁぁと頬や首筋が赤く染まっていく。

――そうだ。東悟はベッドの中で、鈴音の項や耳の下あたりをよく舐めたり噛んだりしてくる。鈴音がそれに弱いと知っているから、なおさらだ。

昨夜もしつこくそこを甘噛みされたことを思いだした途端、鈴音は全身の血が沸騰するかと思うくらい、恥ずかしくなった。

だがそうして真っ赤になって俯く鈴音の態度が、ますます栞の癇《かん》に障《さわ》ったのだろう。

「ほんと……あなたってムカつくわ」

「……っ」

ぼそりとした呟きの後、栞はいきなり摑んだグラスの中身を、鈴音の顔に向かってぶちまけてきた。

びしゃっという水音のあと、前髪や肩からぽたぽたと滴《したた》る黒い雫に、愕然《がくぜん》として立ち尽くす。

「いつも、私の邪魔ばっかりして。ようやくどこかに消えてくれてせいせいしたと思ったら、今さらのこのこ舞い戻ってきたりして。……ふざけないでよね」

「栞さん……」

思わぬ行動にショックを受けて固まる鈴音を、栞は憎々しげに睨《にら》み付けてきた。

「だいたいね。あなたがいきなりしゃしゃり出てこなければ、東悟さんは私と結婚するはずだったのよ」

「……え?」

そう続けた栞の言葉は、さらなる衝撃で鈴音を打ちのめした。

(東悟さんが……本当は彼女と結婚するはずだった……?)

「普通、対外的なことは実業家の妻がやるものなの。パーティの手配から、客のもてなしまで、ホステス役を務めるのは妻の役目なの。東悟さんがそれを私に任《まか》せてくれたのは、ゆくゆくは私を妻にと思ってくれていたからよ。……私もそうやって、内側からずっと彼を支えてきたのに……」

言いながら栞はぎゅっとその手を握りしめると、ずぶ濡れになった鈴音を見下ろしてふんと鼻を鳴らした。

「それがあなたと、あなたのお祖父《じい》様の横やりのせいでみんなパァよ。……無理やり脅した相手を自分の夫に据《す》えるだなんて、頭がおかしいんじゃないのかしら」

栞の言葉が、次々と矢のように胸に突き刺さる。

東悟との結婚の話。祖父との契約。

自分はなにもかも知らないことばかりで、どれが本当のことなのかも分からない。

自分を睨み付けてくる栞の視線には、激しい憎しみが満ちていた。

それに怯《ひる》みそうになりながらも、鈴音は濡れた顔を手の甲でぐいと拭《ぬぐ》った。

「東悟さんは……別に無理やり決めたわけじゃないと、そう言っていました。……お祖父様との取引も、自分で選んだことだからと」

（できれば、自分はあのときの東悟の言葉を信じたい……）

時折、ふと見せてくれる彼のぶっきらぼうな優しさが、嘘ではないことも。

言い返すと、栞は肩を震わせて笑い出した。

「なに言ってるの？　そうせざるを得なかったからでしょ？　彼の両親と弟さんが眠る大事な土地を盾《たて》に、無理やりイエスといわせたくせに！」

「ご両親と弟さんが眠る、大事な土地……？」

なんのことだろうと、眉を寄せる。

そんな話、東悟はなにも言ってなかったはずなのに……。

「だいたい、あなたなんて白河グループについてきたただのオマケじゃないの。自分ではなにもできないお人形さんのクセに、彼の横にべったり貼り付いてて、妻ですなんて顔をして、ずっとバカなんじゃないのと思ってたわ。……だいたい、東悟さんも大バカよ。あなたみたいな子供、グループさえ手に入れたならとっとと追いだしてしまえば良かったのに。変に同情したりするから……っ」

栞の言葉はずしりと鈴音の胸に重くのし掛かったが、どうしても受け入れられない言葉があった。

「僕は……人形ではありません」

「はぁ？」

「たしかに……前までの自分は、人形みたいだったかもしれません。周りの顔色ばかり窺って、誰かの庇護の下でしか生きられなくて……。自分がやりたいことすら、よく分かっていませんでした。……でもそういうのは、もう止めることにしたんです」

「なによ、いきなり…」

「東悟さんだってそうです。あの人は、あの人はとても優しくて、立派な人です。……ときどき頑固《がんこ》で、言葉が足りなくて、どうしようもないところもあるけど。一度交した約束はちゃんと守ろうとする、とても律儀な人です。……大バカだなんて言葉、取り消してください！」

生まれて初めて、大声で人に言い返してしまった。しかも……女性を相手に。

だが、後悔はなかった。

震える声で言い切った瞬間、なんだか胸のつかえがとれたようにすっとした。

自分のことだけならまだしも、東悟のことまであしざまに言われるのは我慢《がまん》がならなかったから。

「……そういうところが、生意気なのよ！」

これまで、なにを言われても言いなりだった鈴音が、まさか言い返してくるとは思っていなかったらしい。

どす黒く染まった栞の顔が奇妙に歪み、綺麗なネイルで飾られた手がひゅっと音を立てて振り上げられるのが見えた。

（……殴られる）

それに鈴音はぎゅっと目を瞑《つむ》って次に来る痛みを覚悟したけれど、いつまで経ってもその衝撃はやってこなかった。

「人のものに、なにをしてる…？」

恐る恐る目を開けた鈴音は、振り上げた栞の手を摑むようにして、立ち塞《ふさ》がっている広い背中をそこに見つけた。

「…東悟さん……」

「あ…、なんで……社長が…」

突然の乱入者に驚いたのは、鈴音だけではなかったらしい。般若《はんにゃ》のように顔を歪ませていた栞は、いきなり現われた東悟を見上げて、あたふたしていた。

「うちの鈴音に、なにをしていたのかと聞いてるんだ」

ぞっとするぐらい低く静かな声が、東悟の怒りを表している。

「あの、これは……別に…」

「だいたい、なぜお前が我が者顔でうちにいるんだ？　俺はお前に、対外的な部分は確かに任せたが、それ以外のことは何一つ頼んだ覚えはないぞ」

きっぱりとした東悟の声に、赤黒かったはずの栞の顔色が、音を立てて青ざめていくのが分かる。

栞は竦《すく》み上がったまま、しばらく声も出ない様子だった。

その手を東悟が放すと、彼女は慌てて床に落ちた自分のバッグを手に取り、逃げるようにして部屋を出て行く。

「栞。二度とうちの敷居を跨《また》ぐなよ」

東悟の静かな声に、栞は一度も振り返ることなく、バタンと大きな音を立てて屋敷から飛び出して行った。

「鈴音、こっちにこい」

シャワーから上がってきた鈴音に声をかけ、東悟はソファを指さした。

「髪を拭《ふ》いてやる」

「い、いいです。そんなの、自分でできますし……」

「いいからやらせろ」

有無を言わさず鈴音を椅子《いす》に座らせると、東悟はその手からタオルを奪い、背後からがしがしと乾かし始めた。

鈴音の髪は、細くてとても柔らかい。乾くほどにさらさらとほどけていく髪は、いつ触れても手触りがよかった。

髪を素早く乾かしながら、東悟は鈴音の全身をざっと眺《なが》めたが、特に傷など見当たらないことにほっとする。

かけられたのがアイスコーヒーで幸いだった。これがもし淹れたての熱いコーヒーだったらと思うとぞっとする。

東悟が急いで家に帰ってこなければ、もっと自体は深刻になっていたかもしれない。

買い物に出る自分と入れ替わりに、見慣れた車が屋敷へと入っていくのを見て、東悟に連絡をくれたのは三沢だった。

三沢はとても口が固く、家政婦として信頼の置ける女性である。

プロ意識も高くて、雇用主が男同士で結婚していようが、主寝室のシーツが毎晩ぐちゃぐちゃに寝乱れていようが、風呂場から甘い声が断続的に響いてこようが、顔色一つ変えたことがない。

『雇い主のプライバシーには、まったく興味はありませんので』と徹底している彼女が、珍しくも連絡を寄越したぐらいだ。

きっと以前から鈴音に対する栞の態度には、腹に据えかねるものがあったのだろう。

そんなことにも気が付かず、家によく出入りしていた栞を見て、鈴音のいい話相手なのだろうと思っていた自分は、本当に鈍《にぶ》いと思う。

「あの……本当によかったんですか?」

そのとき鈴音が、ぽそりと口を開いた。

「なにがだ」

「栞さんに、あんな風に言ってしまって……。これからの東悟さんのお仕事に、差し支えるんじゃ……?」

頭からコーヒーを浴びせられ、ひどいことを言われていたのは自分のくせして、鈴音はこんなときまで東悟のことばかり考えている。

その気遣《きづか》いに胸の中がじわりと熱くなった。

「別にいいさ。彼女のこれまでの働きには感謝してるが、それなりの報酬はもちろん渡していたんだ。仕事は仕事であり、それ以上でも以下でもない。今後のパーティについては別のプランナーに任せればいいだけの話だ」

「そうですか…」

「それよりもお前のほうこそ、本当はずっと栞が苦手だったんだろう?」

「え……?」

「俺は……無骨《ぶこつ》で、そういうことに気が回らないからな。彼女がうちによく来ていたのも、育ちのいい彼女とお前となら、気が合うのだろうと勝手に思っていたんだ。それに、お前自身、パーティが苦手だと言ってたから、彼女に任せればお前がいちいち煩《わずら》わされなくて済むだろうと……」

そうした自分の甘い考えが、栞を助長させていたのだろう。

まさかホステス役を任されたことで、栞が東悟の妻の座を狙っていただなんて、考えもしていなかった。

栞に罵《ののし》られていた鈴音の姿を見たとき、東悟の全身は怒りに震えた。

だが、彼女ばかりを責められないというのもよく分かっていた。

『興味もない相手を取引のために仕方なく嫁にした』のだと、そう最初に彼女に信じ込ませてしまったのは、他でもない東悟自身なのだろう。

それぐらい、これまでの自分の態度はひどかった。

あの日、何も言わずに鈴音が逃げるようにして家を出て行ったわけが、今ならばよく分かる気がした。そして今、フジの元へと戻りたがっているわけも……。

みんなでよってたかって、『お前の居場所などここにはない』と、そう思い知らせたのだから、鈴音がこんな家にいつきたがるはずもなかった。

「……パーティが苦手だなんて、よく覚えてましたね」

「庭に逃げてきていただろうが。最初にあの庭で会ったとき」

呟くと、鈴音は目を丸くしたあとで、『……そうでしたね』とどこか懐《なつ》かしそうに、目を細めて小さく笑った。

久しぶりに見たその笑顔に、どきりと胸が高鳴る。

そうだ。あの頃の鈴音は、いつも会うたび笑っていた。

はにかむような、小さな笑みで。

ほんの少し木の実をとってやっただけで、まるでものすごい宝物を受け取ったみたいなキラキラとした顔で、何度も何度も東悟に向かって頭を下げていた。

あんな風に鈴音が笑わなくなったのは、いつからだろう？

東悟と暮らしだしてからの鈴音は、いつもこちらの顔色を窺い、言いたいことも口にせず、一人部屋に籠もって絵を描いていることが多かった。

さらに家を出た彼を、強引にこの家へと連れ戻してきてからは、その絵すらもほとんど描かなくなってしまった。

ときどき三沢や佐々木と話をしている姿は見かけるが、それ以外はどこかぼーとしたまま、庭をぼんやりと見ているだけだ。

――鈴音をそんな風にしてしまったのは、自分なのかもしれない。

そう思うと、胸のあたりに石が詰まったように重くなる。

フジの家に迎えに行ったときの鈴音は、生き生きとしていた。汗と泥にまみれ、手がマメだらけになっても笑っていた。

きっとあちらの家では、のびのびと暮らしていたのだろう。

こんな風に、空っぽの屋敷にただ閉じ込められて、言いたいことも言えず、嫌な相手から嫌味をぶつけられることもなく……。

『僕は……人形なんかじゃありません』

栞に向かって、震えながらもそう言いきった鈴音の言葉が、耳をついて離れない。

『そろそろ鈴音さんのことは、手放してあげたらどうですか?』と呆れたように呟いていた、佐々木の言葉も。

自分はずっと鈴音のことを、飾り物の人形のように扱ってきた。どうせ鈴音にはなにひとつできないと勝手に決めつけ、だから自分が守ってやらなければならないと思い込み、彼をがんじがらめにしていた。

会社のオマケとしてついてきた子供を、仕方なく保護してやっているつもりで、実のところ東悟は鈴音が自分の手を離れて独り立ちしてしまうことを、心のどこかでずっと恐れていたのだ。

だから、鈴音の意思はまるきり無視した。

鈴音にはなにひとつさせず、自分の目の届くところに隠しておこうとしたのだ。

(ずっと目が曇《くも》っていたのは……俺のほうか)

この手からすり抜けていった魂は、今はもうちゃんと自分の足で立ち、一人で歩いていこうとしている。東悟の手など必要ともせずに。

そのことにようやく気付いた瞬間、東悟は目の前が暗くなるのを感じた。

(――鈴音の邪魔をしているのは、俺だ)

鈴音は東悟のことを優しい人だと言っていた。

約束をちゃんと守ろうとする、律儀な人なのだと。

なのにそんな自分が、彼の足を引っ張っている――。

「……鈴音」

「はい?」

「お前……フジさんのところへ行きたいんだと、ずっとそう言っていたな」

突然の話に、鈴音がきょとんとしているのが分かる。

これまでどれだけ彼がその話を振ろうとしても、無理やりその口を塞いでは曖昧《あいまい》にして聞き流してきた。

それが突然、どういう風の吹き回しかと驚いているのだろう。

「え……?　はい」

慌てて振り返った鈴音は、それでもこくりと強く頷いた。

「今でも、そう思っているのか?」

「はい。十月には稲刈りを手伝いますと、他の方とも約束しましたし……。あちらではきっと、人手が足りてないはずですから」

「そうか」

鈴音の決意は固いらしい。

たとえ何度その身体を抱いたところで、彼の心はもう決まってしまっているのだろう。

『どれだけ閉じ込めたところで、その心までは縛れませんよ』と忠告していた佐々木の言葉を思い出す。

まったくその通りだと思った。

……今さらその事実に気が付いたところで、遅すぎるのかもしれなかったが。

「分かった。なら、好きなところに行くといい」

「え……？」

「明日、俺が送って行く」


部屋を片付けながら、鈴音は持っていくための自分の服や靴をより分けていた。

前回は、慌てて買った下着や靴下以外のものはフジや竜平からほぼ借りていたから、今回は荷物をまとめられるだけでもありがたいことだと思う。

それらの荷物を大きなボストンバッグへと詰め込んでいた鈴音は、ふとその手を止めた。

（いきなり、どうしてなんだろう……？）

東悟はなぜ突然、フジの元へ行ってもいいなどと言い出したのか。

これまでは鈴音がその話をすることすら、受け入れてもらえなかったのに。

東悟の心変わりの理由が、どれだけ考えてみてもよく分からない。

それに……もう一つ気に掛かっていることもある。

そのとき、トントンと扉を叩く音が聞こえた。

「はい」

「鈴音。これも持っていかなくていいのか？」

そう言って東悟が持ってきてくれたのは、鈴音のスケッチブックと絵の具のセットだ。

最近ではあまり描きたいものが見つからなくて、しまいっぱなしになってしまっていたけれど、自然が多いフジの家に行けばまた、色々と描きたいものも出てくる気がした。

「ありがとうございます…」

「別に。礼を言われるようなことはなにもしてない」

そんなことはない。

鈴音が手慰《てなぐさ》みに絵を描いていることを、彼が覚えていてくれたという事実だけでも嬉しかったし、さきほどのパーティの話を聞いたときもそう思った。

東悟が鈴音になにひとつやらせようとはしなかったのは、鈴音が『パーティは苦手なので…』とぽつりと呟いた一言を、覚えていてくれたからだ。

きっと……これまでにもそういうことは、たくさんあったのだろう。

自分が気付いていなかっただけで、東悟はいつも鈴音のことをちゃんと考えてくれていた。

それが同情からだったのか、それとも契約だったからなのかは分からないけれど。

「あの、東悟さん。一つだけ聞いてもいいですか？」

「なんだ？」

「もし答えたくなかったら、無理に答えなくてもいいです。でも、どうしても気になっていることがあって……」

「いいから言って見ろ」

「東悟さんの……ご両親と弟さんが眠る大事な土地って、なんのことですか？　もしかしてそれが、お祖父様との契約内容だったんですか？」

「……栞から聞いたのか？」

苦々《にがにが》しい顔つきの東悟を目にするたび、嫌われるのが怖くて踏み込むことはできなかったが、今はもう怖くはなかった。

それよりも東悟から離れることになった今、どうしても憂《うれ》いは取り除いておきたい。

彼をちゃんと解放してあげるためにも。

「はい。その土地を盾にしたからこそ、東悟さんは絶対に僕との話を断れなかったんだって、そう聞きました。もしそんな脅迫じみた遣り方で、お祖父様が東悟さんを脅していたのだとしたら……」

「前にも言ったとは思うが、別に脅されてそう決めたわけじゃない。……まぁ、断れない雰囲《ふんい》気《き》だったのも確かだけどな」

「ならやっぱり、お祖父様が無理やり……？」

「いや、最終的に決めたのは俺だ。どうしても嫌なら突っぱねることもできたはずだが、俺はそうしなかった」

「……どうしてですか？」

問いかけると、東悟はぎしりと音を立ててベッドに腰掛けた。

そうして東悟は溜め息交じりに、重たい口を開いた。


東悟の両親が亡くなったのは、東悟が高校三年、彼の弟の喜幸《よしゆき》がまだ中学生のときだったという。

彼らの父親が事業で失敗し、その借金を苦にしての心中だった。

子供たちにはなにも言わず、ある日突然、家に帰ってこなくなってしまった両親。

東悟は『お坊ちゃま育ちだったオヤジには、先祖から受け継いだ土地や屋敷を借金のカタにとられたり、毎日の食費にも事欠くような貧しい暮らしが、耐えられなかったんだろうな』と淡々と告げた。

そんな父親に頼りきりだった彼の母も、先急ぐ夫を止めることなく一緒についていってしまったのだ。東悟たち兄弟、二人だけをこの世に残して。

『いつか先祖の眠る土地に埋めてください』と、そんな無責任な書き置きだけを残して車ごと海へとつっこんでしまった両親に、東悟と喜幸は激しいショックを受けた。

その日から、二人の生活は一変した。

彼の父がまだ羽振《はぶ》りが良かった頃は、ぺこぺこしながらまとわりついてきた親戚たちは、手のひらを返したように冷たくなった。

葬式らしい葬式も出せず、二人の骨を墓に入れることもできず。途方に暮れた東悟は知り合いの寺に二人の骨を預けると、高校に通いながらバイトに明け暮れた。

東悟は年齢を二十歳と偽り、深夜の交通整理や飲み屋のバーテンダー、できることは何でもやって少しずつ金を貯めた。

そうやってしばらくは弟と二人、親戚の家を転々とさせてもらっていたものの、どこにいっても邪魔者扱いされて肩身は狭かった。

東悟の高校卒業と同時に小さなアパートを借り、弟と二人で暮らし始めた。『あのときは、心の底からほっとした』と東悟はぽそりと呟いた。

もともと心臓が弱かった弟は、東悟の前ではあまり泣き言を言わなかったが、東悟がバイトに出ている間も、かなりきつく当たられていたようだ。

二人だけで暮らしだして、弟の喜幸はまた少しずつ笑うようになった。

高校卒業後、小さな工場に就職した東悟はそれから身を粉《こ》にして働いた。

工場は二交代で忙しく、弟といられる時間は減ってしまったものの、その分稼ぐことができた。

そんなある日のこと、夕方からずっと工場に出ていた東悟は、夜中に病院の救急から電話で呼び出された。

慌てて病院へと向かうと、顔色をなくした弟がベッドで管に繋がれているのが見えた。

聞けば、ひどい肺炎を起こしているという。

ここ数日、喜幸の風邪が長引いて、嫌な咳をしていることは東悟も知っていた。

東悟は『早めに病院に行けよ』と言ったが、喜幸は『自分のせいで、また余計なお金が掛かるから』と遠慮して、病院には行っていなかったらしい。

結局、高熱を出して倒れていたところをアパートの隣人が見つけ、救急車を呼んでくれたという話だった。

東悟は仕事ばかりの毎日で、弟の体調にも気付かなかった自分を責めた。

一日も早く元気になれるようにと祈ったが、弟の容態《ようだい》は急変し、そのままあっさりと帰らぬ人となってしまった。

もともと弱かった心臓が、熱に耐えられなかったのだ。

まだ十五だった弟は両親よりも小さな骨壺に入れられ、東悟の元へと返ってきた。

たった一年の間に両親だけでなく、弟まで失った東悟は、人の命の儚さを嫌というほど思い知った。

そして、金がないことの無力さも。

十分な金さえあれば、両親が無駄死にすることはなかったはずだ。

喜幸も、なんの遠慮もなく病院へ行くことができただろう。

行きたかった大学を諦《あきら》め、工場で働くと決めたのは弟を養《やしな》うためだったが、その弟を亡くして東悟は目標を見失った。

どれだけ金を貯めたところで、それを使う相手はもういないのだから。

アパートで、一人きり虚《むな》しく過ごす毎日。

ずっと眠れない夜が続いたが、それでも東悟は仕事だけは休まずに毎日出かけた。それ以外、他になにもやることがなかった。

そんなある日のこと、東悟は久し振りに会った高校時代の友人から『一緒に会社をやってみないか？』と声をかけられた。

友人はいわゆるパソコンオタクで、高校の頃からアプリやソフトの開発をしているのは知っていたが、それを売るためのノウハウや資金がないのだという。

東悟はそれまで意味もなく貯めてきた金で大学に入り直すと、経営の勉強をして学位を取る傍ら、資金を出して友人たちと小さな会社を興《おこ》した。

たった数名で始めたソフト会社は瞬く間に成長し、東悟が大学を卒業する頃には、従業員を百人以上抱えるベンチャー企業となった。

大手の携帯通信会社などとも手を結び、気が付けばあっという間に急成長を果たした会社は、様々な事業にも手を出した。

東悟の腕は確かで、どの分野でもそれなりの成果を出すことができた。

そうやって大手企業に肩を並べるほどまで会社が成長した頃……東悟はふと、両親の遺言を思い出した。

子供を置いて勝手に先に死んでおきながら、『いつかは先祖の眠る土地に埋めてください』と願った両親の理不尽な遺言など正直どうでもよかったが、せめて弟の喜幸だけは、子供の頃によく遊んだあの懐かしい土地で眠らせてあげたかった。

調べたところ、現在その土地を所有しているのは、白河グループの不動産部らしいということが分かった。

その土地を高値で買いとりたいと何度か打診してみたものの、のらりくらりかわされるばかりで、返事はあまり芳しくなかった。

仕方なく、東悟は白河翁《おう》に直接接触するべく、まずは顔つなぎとしてグループが主催するパーティへと顔を出すようになった。

そこで鈴音と出会ったのだと……、東悟はそう締めくくった。

「……お祖父様は、その土地を東悟さんが欲しがっていることを、知っていたんですね」

「俺のことについて色々とは調べたと言ってたからな。……白河グループを継ぐなら、その代わりに土地はくれてやると言ってきた」

初めて耳にした、東悟の過去。

本人は単なる事実として、とても淡々と話してくれたけれど、彼が今日ここにいたるまでどれだけの苦労を重ね、また悔しい思いをしてきたのかはよく分かった。

また弟さんのことで、死ぬほど彼が悔いているのだということも。

（――だからだったんだ）

東悟の話を聞いた今になって、腑に落ちたことがたくさんあった。

風邪を引いて寝込んでいた鈴音に、東悟がしばらく必要以上にピリピリしていたこと。

鈴音には苦労をかけまいと、仕事のことも、家のことも、なにひとつやらせたがらなかったこと。

『お前がそんな生活をする必要はない』と、フジの家で働くことを、あんなにも反対していたわけも。

色々な点と点が結びついて、繋がっていく。

東悟は早くに亡くなった彼の弟と自分を、重ねていたのだろう。

ぶっきらぼうでそっけない横顔の裏で、彼が本当は愛情深い人だというのは、弟の喜幸の話からも十分に伝わってきた。

そんな東悟の愛情や弱みにつけ込むようにして、祖父は無情な取引を持ちかけたのだ。

（お祖父様は、どうしてそんなひどいことを……）

世の中には、決してお金では手に入らないものがある。

そんなことぐらい……かつて無理やり好きな相手と引き離そうとして、娘に逃げられたことがある祖父が知らなかったわけはないだろうに。

そこまで思って、はっとした。

（そうか……やっぱり、お祖父様は知っていたんですね）

「……ごめんなさい……っ」

「どうして、お前が謝るんだ？」

突然、がばっと頭を下げた鈴音に東悟は訝《いぶか》しげに眉を寄せた。

「僕のせいで……東悟さんの人生を、歪めてしまいました」

祖父だけのせいじゃない。自分と祖父は、きっと同罪なのだ。

「別に、それでもいいと決めたのは俺だと言ったはずだろうが。……だいたい条件を出してきたのは、あのクソジジイだ。お前が謝ることじゃない」

違うのだ。

「……お祖父様が、東悟さんにそんな条件を出したのは、きっと知っていたからだと思います」

「なにを？」

「僕が……東悟さんを、好きなことを……」

初めて会ったあの夜から、鈴音は東悟のことがずっと気に掛かっていた。

あの夜東悟と出会ったことを、口に出した覚えはないし、祖父がどうやって知ったのかも定かではない。

けれどあの夜以来、パーティが行われるたび、苦手なはずのパーティにそわそわしながら出席していた鈴音の変化を、祖父はきっと敏感に察知していたのだろう。

「だから、そんな条件を出したんだと思います」

呟くと、東悟はいまいましそうにくしゃりとその髪を掻き上げた。

「……あのな。これはあまりお前には聞かせたくない話だったから、黙っていたんだが……。お前は、あのクソジジイのことを少し買いかぶりすぎだ」

「どういう……意味ですか？」

「いいか。あのクソジジイはな、『会社さえ続けばそれでいい。お前のことは好きにしろ』と、そう言ってたんだぞ？」

東悟はきっと、頭を下げ続ける鈴音をやめさせたくて、教えてくれたのだろう。

源一郎《げんいちろう》のほうが、鈴音の気持ちを利用していたのだと伝えるために。

だが、それを聞いて鈴音はくすりと笑ってしまった。

——なんて、祖父らしい。

「なんだ？　どうして笑ってる？」

泣きそうな顔でくしゃりと顔を歪めた鈴音に、東悟は一瞬、虚を突かれたような表情を見せた。

「いえ……なんだかすごく、お祖父様らしいなぁと思って」

呟くと東悟はフンと鼻を鳴らした。

「お祖父様は……きっと分かっていたからこそ、そんな風に言ったんでしょうね。東悟さんならきっと、絶対に僕を見捨てたりはしないって……」

そうだ。祖父は、そういう人だった。

頑固で、尊大で、ひねくれ者のクソジジイ。

本人も『クソジジイ』と陰で呼ばれていることをとっくに知っていたし、それを面白がってもいた。

「まさか……あのクソジジイがか？」

「はい。実際……東悟さんは弟さんのことをすごく大事にされていたでしょう？　ご両親を突然亡くされて自分もすごく大変だったはずなのに、絶対に弟さんのことも手放さなかった。……そういうのを、ちゃんと分かっていたんだと思います」

いつの間にか庭にそっと用意されていた白いブランコや、ユスラウメの木。

祖父はなにも言わずとも、鈴音の気持ちを察していた。

いつも鈴音が望むものを、ちゃんと用意してくれていたのだ。

そうして――最後に、一番大きな贈り物を鈴音に残してくれたのだろう。

そこに大きな誤算があることにも、気付かずに……。

（……無理やり添わせたところで、人の気持ちだけはどうにもならないのに）

いや……もしかしたら、それすらも祖父は分かっていて、あえてその後のことは自分たちに託したのかも知れなかった。

ここまでお膳立てだけはしてやったのだから、あとは自分でなんとかしろと。

ひねくれ者で、大好きだった祖父。

彼の厳《いか》ついあの横顔を思い出したとたん、どっと熱いものが喉を焼いていき、涙が一粒零《こぼ》れ落ちた。

「……っ」

今さらだけれど、たくさんの『ありがとう』と、『ごめんなさい』を言いたいと思った。

祖父にはもちろん、東悟にも。

二人はそれぞれに、鈴音のことを考えてくれていたのだ。

「な、なんだ？　どうして泣いてる？」

ぽろりと落ちた鈴音の涙に気付いた東悟が、珍しくもおろおろとしている。

その表情を目にしたら、胸の奥に切なくて甘苦しいものが溢れるのを感じた。

「……すみません。僕はずっと幸せだったんだなぁと思ったら、つい涙が出てしまいました」

——そうだ。自分はずっと幸せだった。

生まれて初めて恋を知り、人生はキラキラと輝いた。

たとえ報われなくても、東悟の傍にいられただけで嬉しかった。

あの日、小さな赤い実を両手一杯に採ってくれた。

初めてのデートの日、鈴音の名前の由来を知って、綺麗な鈴を買ってくれた。

祖父を亡くしてひとりぼっちになった夜は、『好きなだけ泣けばいい』とずっと背を撫でてくれた。

彼にとっては恋ではなかったかもしれないけれど、その手に触れられて、キスをかわして。

鈴音はその心と身体で、情熱の意味を初めて知った。

それだけで、自分はもう十分過ぎるほど幸せだった。

だからこそ——そろそろ、解放してあげなければいけないときがきたのだ。

「東悟さんには……本当に、感謝しています」

その目を見上げて静かに告げると、東悟は『いきなりなんだ?』というように眉を顰《ひそ》めた。

「僕はもう……大丈夫です。これからは一人でも、ちゃんとやっていけます」

フジのところで生活させてもらっているうちに、生きて行くための知恵を身につけた。

生活力も、少しずつ増やした。

人から与えられたものではなく、自分の手で積み上げてきたものは、たとえなにかの不意打ちにあって崩れても、また自分の手で建て直すことができると知った。

そうやって……失敗を積み重ねて生きていくことが、きっと自信に繋がっていくのだ。

「これまで……ずっと一緒にいてくれて、ありがとうございました」

言いながら笑ってすっと右手を差し出すと、東悟はしばらく黙り込んだ後、『……ああ』とその手をぎゅっと握りかえしてくれた。

大好きだった、長い指と優しい手のひら。

この手が与えてくれたたくさんのものを、自分はずっと忘れないだろう。


次の日の朝早く、約束通りに、東悟はフジの家の前まで鈴音を送ってくれた。

すでにフジには連絡をとってくれていたのか、鈴音たちの車が着く前から、フジと竜平が家の前で待ち構えていてくれた。

久しぶりに会ったフジたちに挨拶をしたあと、全ての荷物を下ろし、東悟はまたすぐ車に乗り込んだ。

「身体には、気を付けるように」

「はい。……東悟さんもお元気で」

東悟はしばらくなにか言いたげにしていたけれど、結局はなにもいわず、静かに車を発進させた。

東悟を乗せた車が小さくなるまで見送ったあとで、どうしても堪えきれずに涙が溢れた。

あの日、東悟が言ったとおりだ。

なにかをこれほど大切に思ったり、誰かを心から愛したりしなければ、それを失ったときにこんなにも心が千切れそうなほど、泣いたりしないで済むのに……。

「……っ、……っ……」

それでも——鈴音は彼を好きになれて良かったと、そう思った。

苦労しても、全てを捨てて恋に生きた母の気持ちが今ならばよく分かる気がした。

きっと自分も東悟とどこかで出会うたびに、彼を愛さずにはいられないだろう。

できることならもう一度だけ、目を細めて笑う、東悟の照れたようなあの微笑みを見たかったけれど。

やがてその車の影が見えなくなっても、鈴音は長いことその場に立ち尽くしていた。

「すず！　鈴音《すずね》！」

「はーい」

フジの声に、鈴音は大きく返事をした。

十月半《なか》ばに入り稲刈りのシーズンが始まると、本当に慌《あわ》ただしい毎日が続いた。

天気のいい日を見計らって、雨が降らない日にいっきに作業を進めていく。

機械での作業がほとんどとはいえ、機械が入らない場所は人の手も使う。中腰《ちゅうごし》になって黙々と鎌《かま》で作業を続けていると、さすがに足腰が重くなった。

稲刈のあとは脱穀や籾すりの作業を手伝った。

そうしてようやくできた米の入った紙袋はとても重く、ずっしりとしていた。

力のいる作業が続く中でも、フジを含めた年寄りたちは慣れた手つきでひょいひょいと荷物を運んでいくのを目にして、本当に頭が下がってしまう。

鈴音は三十キロ入りの米袋をひとつ持ちあげるだけでも、かなりいっぱいいっぱいだというのに。彼女たちの軽やかな足取りが嘘みたいだ。

「こっちの倉庫の荷運びが済んだら、いったん休憩にするから。表で荷運びしてくれてる人達にも、そう伝えてきておくれ」

「分かりました」

フジの指示に頷《うなず》いて倉庫から出た鈴音は、そのとき軽トラの荷台にいた人物を見上げて、どきりとした。

（……やっぱり、いる）

二台に積まれた米袋をひょいと担《かつ》ぎ、倉庫に下ろしている背の高い男。

それが東悟《とうご》だというのは、じっくり見直さなくともよく分かっている。

この光景も、まるで嘘みたいだなと思う。

（なんかもうすっかり、周りに馴染《なじ》んでるけど……）

いつもスーツ姿の彼しか見ていなかったから、作業着を着た東悟を初めて目にしたときはびっくりした。

けれど、そういうかっこもよく似合っていてかっこいいとか思ってしまうのだから、自分もよくよく重症である。

鈴音がフジの家の離れへと再び戻ってから一週間が過ぎた頃、突然、東悟がフジの家を訪れた。

自分からあの屋敷を出てきた癖に、もしかしたらもう二度と東悟と会うことはないかもしれない……と落ち込んでいた鈴音は、それにひどく驚かされた。

どうやら東悟は、屋敷にまだ残っていた鈴音の荷物をいくつか持ってきてくれたらしい。

わざわざ遠いところまで来てもらって申し訳なかったから、断わられるのも覚悟の上で、『あの、もし良かったらご飯を食べて行かれませんか？』と誘ってみた。

東悟は一瞬、虚《きょ》を突かれたような顔をしていたが、それでも『……いいのか？』と尋《たず》ね返してきた。

鈴音が頷くと、いそいそと離れに上がってきた東悟は、なぜか少しだけ嬉《うれ》しそうに見えた。

だが、その日だけでは終わらなかった。

次の週末も、東悟はまた鈴音のところにやってきた。

フジへの挨拶《あいさつ》として、今度は小切手ではなく、美味しいと評判の老舗《しにせ》のどら焼きを届けにきたのだ。

「これが礼のつもりかい？　まぁ……せっかくだから、もらっておくけど。モノより男手のほうがよっぽどありがたいんだけどね」

そう言ってフンと鼻を鳴らしたフジの前で、無言のまま高そうなスーツを脱いだ東悟は、その日一日、フジと畑に出て、傾きかけたビニールハウスを直したり、雨樋《あまどい》のゴミを掃除したりしていた。

最初ははらはらしながら二人のやりとりを見守っていた鈴音だったが、あれでなかなかフジと東悟は、馬が合うらしい。

貧乏な学生時代、どんなバイトでもこなしたという東悟は、肉体労働もそう苦ではないらしかった。

白いシャツの袖《そで》をまくり上げたまま、フジに顎《あご》でコキ使われる姿は、なんだかとても頼もしくも見えた。

その次の週末には、今度は東悟は自前の作業着と長靴を持って、フジと鈴音の元へやってきた。そしてこの週末も。

それを少し不思議な心地で、鈴音はじっと見守っている。

――なぜ東悟は週末になるたび、ここへやってくるのだろう？

彼が取り戻したがっていたあの土地ならば、弁護士に連絡を取ったところ、すでに東悟の名義になっていることを確認してある。

どうやら祖父がちゃんと約束を守ってくれたらしいと知って、ほっとした。

（……なのに、どうして？）

鈴音が東悟の元から出て独り立ちしたことにより、今度こそ保護者としての役割も終えて、東悟は自由になれたはずなのに。

もしかしてまだ、心配してくれているのだろうか。

鈴音が本当に、一人きりでも生きていけるかどうかを。

（……弟さんのことがあるからかな）

たった一人の弟を、東悟は病気で失ってしまった過去がある。それが東悟の中で、大きく尾を引いているのかもしれなかった。

「東悟さん。温かい麦茶しかないんですけど、飲まれますか？」

季節がすっかり肌寒くなってきたこともあり、鈴音はいつも離れにいるとき、温かな麦茶を沸かして飲んでいる。

コーヒー派の東悟には物足りないかもしれないと思いつつ声をかけると、東悟は『ああ。頼む』と頷いた。

「コーヒーはうちには置いていなくて。……すみません」

「いや、それでいい」

マグカップに注がれた熱い麦茶をそっと差し出すと、東悟はそれを口に含んでほっと息を吐いた。

「……懐《なつ》かしい味だな」

「え？」

「子供の頃……うちでも母が淹《い》れてくれたのを、弟と二人でよく飲んだ」

「そうだったんですね。僕も……母が出してくれるおやつのお供《とも》はこれでした」

東悟が自分から実家での思い出話をするのは、初めてのような気がした。

東悟は毎週のようにここに来ていても、あまり自分の話をしない。

朝早く車でやってきては、鈴音やフジの農作業を手伝い、昼は一緒の食卓に着く。

そのときも『今日は天気よくて良かった』だとか『野菜が美味いな』だとか、そんな些細《ささい》な会話をする程度で、夕方には車でまた帰って行く。

時間があるときは、鈴音と一緒に日の当たる離れで昼寝をした。

「なんだか、顔色があまりよくないみたいですけど。ちゃんと夜は眠れていますか?」

「……まぁまぁだな」

こういう返事のときは、要注意だ。

どうやら東悟は相変わらず、家ではあまりよく眠れていないらしい。

佐々木が言うとおり、仕事のし過ぎだとは思うけれど、それを止める権利は今の自分にはなかった。

代わりに少しでも彼がここで仮眠がとれるといいのだが。

一度、冗談半分で『なら膝枕《ひざまくら》でもしてみましょうか?』と聞いてみたことがある。

どうせ『馬鹿なことを』と一蹴《いっしゅう》されるだろうと思っていたのに、東悟が真面目な顔で『ああ。頼む』とこくりと頷いたりしたものだから、鈴音も今さら『あの、冗談ですよ……?』とは言い出せなくなってしまった。

ドキドキしつつも仕方なく膝を貸したら、本気でそのまま熟睡されてしまった。

以来、東悟がここで昼寝をするときは、なぜか鈴音が膝を貸す流れになってしまっている。

こんな固い男の足では、そう寝心地もよくないとは思うのだが……。

(そういえば……家に一度連れ戻されたときも、よくくっついて寝たっけ)

眠りの浅い東悟を気遣《きづか》い、鈴音が別の客間で寝ていたところに、東悟がそれに気付いてかなり不機嫌になってしまい、無理やり部屋へ連れ戻されたことをふと思い出す。

あのときも思ったけれど、東悟は不遜《ふそん》なその見た目以上に、実は結構な寂しがり屋なのかもしれなかった。

（でも、ちょっと困ったな……）

別に東悟にくっつかれるのが、嫌だというわけではない。

普段は眠りの浅いはずの彼が、鈴音の膝の上にいるときだけは安心したように目を閉じているのを目にすると、嬉しいとすら思ってしまう。少しは東悟の役に立てているようで。

だが、その『嬉しい』という気持ちこそが問題だった。

（もう……僕のものではない人なのに……）

鈴音が独り立ちすると決めた一番の理由は、彼が契約などには縛られず、今度こそ本当に好きな人と一緒になってほしいとそう願ったからだ。

もちろん特別な相手が東悟に出来たとしたら、鈴音の胸はかなり痛むだろうが、それも仕方がないことだと覚悟もしている。

だがこんな風に毎週会いに来られたら、その覚悟すらも揺らいでしまいそうだった。

――いつか東悟は、自分ではない誰かと新しい家庭を築くのだろう。今度こそ、東悟自身が心から望んだ相手と。

そう分かっていたからこそ、彼から離れることを選んだのに。

（これじゃ、いつまでも諦《あきら》めきれなくなる……）

東悟のことは、今でも大好きだ。

彼の内面を知ってからは、ますます彼のことが好きになってしまった。

尊大そうに見えて、本当のところはとても優しかったり。鈴音のことを支配しているように見えて、実は守ろうとして必死になってくれていたりだとか。

そういう不器用なところは、なんだかあの祖父によく似ているなとそう思う。……それを言えば、東悟はきっと激しく嫌そうな顔を見せるだろうが。

彼が鈴音のことを心配して、今もこうして毎週のように会いに来てくれているのは分かっている。

でもそのために、身体を壊してほしくはなかった。

電話で佐々木にこっそりと聞いてみたところ、やはり東悟は毎週末、ここへ来るための時間を絞り出すために、かなり無理をしているようだった。

（そろそろ、ちゃんと言わないとね……）

『もう、ここへ来なくてもいいです』と。

『自分なら大丈夫。あなたがいなくても一人で十分やっていけます』と、鈴音のほうからそう告げたほうがいいことは、よく分かっている。

（でも、あとほんの少しだけ——）

愛しい人が、自分の膝の上で静かな寝息を立てている。

この贅沢《ぜいたく》でかけがえのない時間をあとほんの少しだけ感じていたくて、鈴音は東悟の黒い髪を撫《な》でながら、自分もそっと静かに目を閉じた。


「いい加減にしてくださいね。いつまで仕事しているつもりですか」

社長室で顔を合わせた途端、ものすごく冷たい眼差《まなざ》しで自分を見つめてきた秘書を、東悟はうんざりとした顔つきで見上げた。

「なにがだ？」

「なにがじゃありません。毎週毎週、休みのたびに誰かさんが出かけるせいで、こちらがどれだけ時間調整に苦労しているかわかりますか？」

「休日に休んで悪いのか」

「別に、休み自体は悪くはありません。これまでが働き過ぎだったこともありますしね。……ただ、これまで休みも取らず働いていた人が、その仕事量を減らさずに平日に振り分けているせいで、残業時間がバカになりません。ついでにつきあわされるこちらの身にもなってください。うちはいつからブラックになったんですか？」

佐々木の言うことはもっともで、東悟はむっつりと押し黙った。

「それで体調を崩《くず》したのに、まだ仕事をしてるだなんて。ほんとに救いがたい人ですね」

「……別に、体調を崩したというほどじゃない」

どうにも今朝から目の前がクラクラするなと思ったら、微熱があっただけの話だ。

だが佐々木は呆《あき》れたような顔で、『体力バカのあなたが、熱を出してる時点でよっぽどだと自覚してくださいね』とぴしゃりと言い放った。

冷たいやつだ。そこは普通、『大丈夫ですか？』と心配するところではないのか。

「せめて、普段の仕事量をもう少し減らしてください。それか、とっとと頭を下げて鈴音さんに帰ってきてもらってください」

鈴音の名前が出た途端、書類を手にしていた指先がぴくりと跳ねるのが自分でも分かった。

「それは無理だ」

「どうしてです？　毎週、片道二時間半もかけて会いに行くぐらいなら、一言『戻ってきてくれ』と頼んだほうが、ずっと建設的じゃないですか」

余計なことばかり言う秘書をじろりと睨《にら》み付けたが、佐々木はまったく懲《こ》りた様子もなく、肩を竦《すく》めた。

「……そんなこと言えるはずがないだろう。鈴音はようやく自由になれたんだ。……だいたい、アイツをそろそろ手放してやれと言ったのはお前のほうだろうが」

「それは、あなたがただの義務感で鈴音さんのことを縛っているのなら……という意味です。第一、本気で手放す気があるのなら、なぜ毎週会いに行ったりしてるんです？　彼のことが心配だからですか？」

相変わらず、痛いところを容赦なくついてくる男だ。

「鈴音さんなら大丈夫ですよ。あの子は芯が強い。自分で頑張ろうとする素直さもある。……彼のことを好きになる人間は、これからもたくさん現われるでしょうしね」

「……それで、鈴音が幸せになれるというなら、別に構わない」

自分は彼をただ部屋に閉じ込めるばかりで、なにもしてやれなかった。

あの笑顔すらも、彼から奪いとったのだ。

「もともと俺は、家から逃げ出すほど嫌がられてたくらいだしな……」

自嘲気味《じちょうぎみ》にそう呟《つぶや》いた途端、佐々木はつきあっていられないといった顔で、東悟が目を通していた書類をばっと取り上げてしまった。

「それ、もしかして本気で言ってますか？　だとしたらあなたは、本当に救いようがないバカですね」

「佐々木、お前な……」

「ともかく私はもう帰ります。社長もどうぞとっととお帰りください。……腑抜《ふぬ》けのまま、ただそこにいられても迷惑です」

そういうと、デスクの上に積み上がっていた書類をひとまとめに抱えて、佐々木は部屋を出て行ってしまった。

なにもなくなってしまったデスクの前で、一人ぽつんと残された東悟は、仕方なく大きな溜《た》め息を吐き出した。


誰もいない屋敷の玄関で、東悟は靴を脱いだ。

家に帰ってくるまでにまた少し熱が上がったのか、珍しくも身体が重い。

三沢が用意しておいてくれたらしい食事がテーブルの上に並んでいたが、なにも食べる気がおきず、そのまま浴室へと向かう。

シャワーだけざっと浴びたところで、東悟はとうとうかったるさに負け、市販の風邪《かぜ》薬を水で流し込み、そのままベッドへと寝転んだ。

――風邪を引いたのなんて、何年ぶりだろうか。

久しぶり過ぎて調子が狂ってしまう。

これまでどれだけ忙しくとも、体調を崩して寝込むことなんてなかったのに。

最近、家に帰ってもあまり眠れず、どうせ眠れないならと毎晩遅くまで仕事をしていたのがいけなかったのか。それとも気が弱っている証拠なのか。

しばらくすると薬が効いてきたらしく、ようやく少しだけ眠気がやってくる。

薄暗い部屋でうとうとしていた東悟は、ぼんやりとしたまま鈴音の夢を見た。

鈴音はいつも、東悟の帰りをこの家でただじっと待っていた。『東悟さんの顔が見られないのは、寂しいです』と照れたように口にしながら。

そんな彼を、自分は随分と邪険《じゃけん》に扱った。

『おかえりなさい』とはにかみながら出迎えてもくれる彼に胸がざわめいても、わざとそれを遠ざけた。

（……どうせ、いつか失うと思っていたからだ）

昔から……大事なものほど、東悟の手をすり抜けていった。

愛情をかければかけた分だけ、失ったときに、魂が千切《ちぎ》れるように痛むことも知っている。

だからこそ、東悟は必要以上に鈴音を愛さぬようにと心がけた。

鈴音が信頼に満ちた眼差しで、ひたむきに愛情を注いでくれても、それに気付かないふりをした。

――契約のオマケとしてついてきた、一回りも年下の子供相手に心底惚《ほ》れてしまっているだなんて、認めたくはなかった。

その罰《ばち》があたったのだろう。

今になって、どれだけ彼を恋しく想ったところで、鈴音はもうこの屋敷にはいない。

（二度と戻ることもない……）

分かっているのに、それでも週末になるたび、なにかしら用事を見つけてはその顔を見に行っているのだから、佐々木の言うとおり自分はかなり未練がましいのだろう。

本当に鈴音のためを思うならば、彼が心置きなく新しい誰かを愛せるように、二度と顔を見せないほうがいいと分かっているのに……。

「東悟さん！　東悟さん…っ」

そのとき鈴音の声がどこか遠くで聞こえた気がして、東悟はふっと意識を呼び起こした。

目を開けると薄暗かったはずの部屋の電気が、いつの間にかついている。

「東悟さん……！」

名を呼ばれた方向へと視線を向ける。すると、ベッド脇からこちらをじっと覗《のぞ》き込んでいる鈴音と視線が合った。

……おかしいなと思う。自分はまだ、夢でも見ているのだろうか？

鈴音が、この家に戻ってくるはずはないのに。

（それに……どうしてそんな泣きそうな顔をしてるんだ？）

この家をようやく離れられて、フジの家で幸せにやっているんじゃなかったのか。

「……鈴音？」

両目一杯に涙を浮かべていた鈴音は、東悟が名を呼ぶと、ほっとしたように肩で息を吐いた。その動きで、鈴音の目尻に溜まっていた雫《しずく》がぽろりと零《こぼ》れて、東悟の頬に滴《したた》ってくる。

(――夢じゃない?)

「ちょっと待て。なんで……お前がここにいるんだ?」

「東悟さんこそ、どうして……、どうして倒れたのに病院に行かないんですか?」

「なんの話だ?」

「佐々木さんから聞きました。東悟さんが倒れて大変だって、そう連絡をくれて……」

(あの、バカ秘書が……)

どうやら煮え切らない東悟に痺れを切らした佐々木が、『東悟が体調を崩して倒れた』と鈴音に連絡を入れたらしい。

それに慌てた鈴音は、とるものもとりあえず最終の電車に飛び乗り、東悟の元へと駆けつけたらしかった。

「別に、倒れたわけじゃない。……少し風邪を引いただけだ」

「……風邪?」

「ああ。それも、別にたいしたことはなくて……って、おい。どうしてそこでまた泣くんだ?」

説明している途中で、鈴音の目からまた新たな涙がぽろぽろと零れ落ちていくのを目にして、ぎょっとする。

これじゃあまるで、自分がまた鈴音を泣かせているみたいじゃないか。

「だっ……だって。東悟さんの弟さんも、それで命を落とされたんですよね……？」

「あのな。弟と俺じゃ根本的に違うだろ。……喜幸《よしゆき》は、残念ながら生まれつき心臓が悪かったんだ。俺は佐々木曰《いわ》く、かなりの体力バカらしいからな。そうそう倒れたりしないさ」

教えたのに、鈴音の目からは堰《せき》を切ったようにまた新しい涙が次々と溢《あふ》れ出した。

「す……すみません。安心したら、なんかどっときちゃって…」

「鈴音……」

「でも、病院にはちゃんと行ってくださいね。人の命なんて、いつどうなるか誰にもわからないんだから……」

——そうだ。

命の儚《はかな》さというものを、東悟はもちろん鈴音も知っている。

昨日まで、当たり前に隣《となり》で笑っていた人が、突然いなくなることがある。

どれだけ祈っても、遠く旅立っていく命がある。

そのことを二人とも、嫌と言うほど思い知らされてきた。

（鈴音が不安がるのも、無理ないか…）

東悟も鈴音が寝込んでしばらくの間は、もしや彼がこのまま消えてしまうのじゃないかと不安になって、ずっとピリピリしていたくらいだ。

自分の帰りを待ったりせずに、ゆっくり一人で休めるようにと部屋も別にした。

それでも毎日、夜中にこっそりと鈴音の部屋まで様子を見に行っては、聞こえてくる微《かす》かな寝息にほっと胸を撫《な》で下ろしていたことを思い出す。

鈴音もあのときの東悟と同じような不安に煽《あお》られて、いても立ってもいられずにここへとやってきたのだろう。

「心配かけて、悪かった」

震えている肩をそっと抱き寄せると、鈴音は大人しく東悟の肩へと凭《もた》れてきた。

「もう……無理はしないでください」

「ああ」

「東悟さんが、僕のことを色々と心配して、毎週会いに来てくれていることは知っています。……でももう、それもいいですから」

鼻を啜《すす》りながら告げた鈴音の一言に、東悟はすっと目を細めた。

「つまり……会いに来られると、迷惑だとでも言いたいのか？」

「そうじゃありません。ただ……僕は、東悟さんに二度と無理はしてほしくないんです……」

そう言って鈴音は、小さく首を横に振った。

「無理なんかしていないと、何度言ったら分かるんだ？　……これまでのことも、俺がそうしたいからしてきたんだ」

そう伝えてみたけれど、鈴音はその小さな頭を横に振るばかりだ。

これまでさんざん、つれなくしてきたせいだろう。

東悟自身が鈴音に会いたくて、毎週、自発的に鈴音の元へと通っているなどとは、考えられないのかもしれなかった。

そんなことはありえないと、そう思っているのだ。

(そのどれもこれもが、自業自得《じごうじとく》だな……)

「鈴音」

東悟はその手をとって握りしめると、もう一方の手で鈴音の頬を濡らしている涙を、そっと拭《ぬぐ》った。

「俺はな……あのクソジジイから、お前と一緒になってグループを継げと言われたとき、最初は断わろうと思っていたんだ。人のことを金で買うように取引材料にするなんて、ふざけた話だと思ったしな。でも……お前に会ったときに、気が変わった」

「……どうして？」

源一郎《げんいちろう》に無理やり引き合わされたのは、パーティの日に庭で出会ったあの少年だった。

あの日、庭で出会った花の精のような少年に、東悟は気付けば心奪われていた。

目をきらきらと輝《かがや》かせて、はにかむように笑ってみせたその子は、あまりにも浮世離れしていて、透《す》き通った花びらのように美しかった。

「お前にならば買われてもいいかと、そう思ったからだ」

でも、それを口にすることはできなかった。

一回りも年下の、しかも男の子に惚れただなんて、口が裂《さ》けても言えるはずがなかった。

しかも、相手は白河翁《しらかわおう》の孫だ。

「それにもし俺が断われば……きっとお前は次の候補者の誰かと、無理やり添わされることになるんだろうと思った。それぐらいなら、自分が後見人になったほうがいいだろうと……」

「どうして……ですか?」

鈴音は不思議そうな瞳で、じっと東悟を見つめてきた。

初めて会った頃から変わらない、澄《す》んだ眼差し。

思えば最初にこの腕の中で抱き留めたときから、鈴音はまっすぐに東悟のことを見つめてきた。その瞳《ひとみ》にやられたのだ。

「惚れてたからだ」

「……え?」

「一回りも年下の男のガキに、本気で惚れて……誰にも渡したくないと思ったんだ」

そのくせ、鈴音にどんどん惹《ひ》かれていく自分が怖くて、わざと彼を遠ざけ続けた。

彼から向けられるひたむきな愛情がどれだけ得難いものかにも気付かずに、いらないもののように自分から投げ捨てていた。

その結果が、これだ。

傷付いた鈴音は自分の元から逃げ出し、今はもう東悟の傍《そば》にはいない。

それが信じられないほど、ショックだった。

身勝手な話だと分かっていても、鈴音はきっといつまでも自分だけを好きでいるはずだと、どこかでそう高をくくっていたのだ。

そんなこと――あるはずもないのに。

自嘲気味に告白した東悟の顔を、鈴音がぽかんとして見つめているのが分かる。

なにを今さら都合《つごう》いいことを言っているのかと、呆れているのかもしれない。

人にさんざんつれなくしておいて、その笑顔をなくしておいて。

家から飛び出すほど嫌われた今になって、なにを言っているのかと苛立《いらだ》っているのかもしれない。

限界まで大きく見開かれていた鈴音の瞳が、やがて顔ごとくしゃりと歪《ゆが》むのを目にして、東悟はふっと息を吐いた。

「そんな顔をするな。……別に、お前を困らせたかったわけじゃない」

今にもまた泣き出しそうな鈴音の頬を、東悟は手の甲ですっと撫でた。

――最初から、もっとこうして優しくすればよかった。

ただひたむきに、愛を返せばよかった。

東悟を見るたび、はにかむような笑顔で愛を注いでくれた、鈴音のように。

(もう、全てが遅すぎる)

「お前が、俺を嫌いなことは分かってる」

呟《つぶや》くと、鈴音は頬に当てた東悟の手に、自分の手のひらをぎゅっと添わせてきた。

そうして小さく何度も頭を振る。

まるで、なにかを否定するみたいに。

「佐々木の言うとおり……俺は大バカ者だな。いつもあとになってから、取り返しの付かない失敗をしたことに気付くんだ……」

両親が子供たちにはなにも言わず、黙って死を選んだときも。

弟の様子にも気付かず、呆気《あっけ》なく病気で失ってしまったときも。

もっとああしてやればよかった、こうしてやればよかったと、いつも大事な相手を失ってから後悔している。

あとで悔いたところで、今さら元には戻せないと知っていながら。

「ちが……違います……っ」

そのとき、東悟の手を握りしめたまま震えていた鈴音が、小さく声を上げた。

東悟の手のひらに、ぽとりとまた新たな熱い雫が溢れ出していく。

「……鈴音?」

「そんなの……違う」

「どうした?　……そんなに嫌だったのか?」

東悟からの告白が泣くほど嫌だったのかと、慌てて手を引こうとすると、鈴音は頭を振って自分から東悟の首にしがみついてきた。

まるで……二度と離れたくないとでも言うように。

「す、鈴音?」

こんな風に鈴音のほうから思いきり東悟に抱きついてきたのは、初めてだ。

抱かれて意識を飛ばしているとき以外、いつも鈴音は東悟に自分から触れるのを恐れるみたいにためらっていた。

今はその逆だ。東悟のほうが鈴音に触れていいのか分からずに、戸惑っている。

それでも必死にしがみついてくる細い身体を、恐る恐る東悟が抱き返すと、鈴音の身体が小さく震えた。

「……僕だって、同じです……」

「なんだ?」

「僕だって……初めて会ったときから、ずっと……ずっと、東悟さんのことが好きで……」

鈴音の背を抱いていた指が、ぴくりと震えた。

——まさか、という思いがこみ上がってくる。

さんざん冷たく突き放した。そのくせ遠くに逃げられた途端、嫌がる彼を連れ戻し、家に閉じ込めてその身体を抱き潰《つぶ》した。

嫌われて当然のことばかりしてきたのに。

「……今も、好きです」

その唇から零れ落ちた言葉に、胸がジンと熱くざわめく。

気が付けば、東悟は鈴音の身体をしゃにむに引き寄せ、その唇を深く奪っていた。


骨が折れそうなほど強く東悟の腕に引き寄せられて、鈴音は目眩《めまい》を覚えるような幸福感の中にいた。

覚えのある東悟の微かな体臭が鼻先を擽《くすぐ》っていく。それすらも嬉しくて、東悟の首筋に抱きつきながら、自分からもキスを返した。

(東悟さん…、東悟さん……)

心の中で、何度繰り返したか分からない愛《いと》しい男の名を呼ぶ。

いつものように優しいキスからの始まりではなく、最初から食べ尽くすような勢いで貪《むさぼ》られるキスが、たまらなく嬉しかった。

東悟から、強く欲しがられているようで。

やがてキスの合間に、東悟が鈴音の着ていたシャツに手をかけてきた。

指先が肌に触れた瞬間、鈴音はその先にあるものを期待して、ぶるりと全身を震わせてしまう。

だが東悟の指先は、鈴音が着ていたシャツや下着を器用に脱がせたところでいきなりぴたりと止まった。

「な、んで……見てるんですか？」

恐る恐る目を開けると、東悟が鈴音の裸を見下ろしたまま、どこか恍惚《こうこつ》とした表情を浮かべているのが見えた。

まるで美術品でもじっくりと観察するみたいに、あますところなくあちこち嘗《な》め回していく視線に、かぁぁと首筋から頬まで赤くなる。

「自分のものを、見たらダメなのか？」

そんな台詞にすら、くらくらとした目眩を覚える。

「そ、そんなの……見ても、楽しくはないと思います、けど……」

自分は女性ではないのだ。

柔らかな胸も、まろやかな尻もないことは、東悟だってとうに知ってるだろうに。

「楽しいか、楽しくないかは俺が決める」

「………」

「お前がどうしても嫌なら、無理強《むりじ》いはしないが…」

「嫌…というよりも、……東悟さんの目を汚すだけだと思いますけど……」

「どうしてだ？　俺は死ぬほど見たい。お前が俺のものだともう一度、ちゃんとこの目で確かめたい」

「し、死ぬほど…って…」

東悟は、一体どうしてしまったのだろうか。

先ほどの告白といい、今のこの状況といい。

これまでの無口さが嘘みたいに、熱心に自分を口説こうとしてくる男に、鈴音はどうしていいのか分からなくなってしまう。

「どうしても嫌か？」

「が……がっかり、させたくないんですけど…」

フジの元で畑仕事をすると決めたのは自分だし、日に焼けてマメがたくさん出来たこの手を、今では誇りにも思っている。

だがそれを、好きな男の前で晒《さら》すのは、やはりかなり気が引けた。

「がっかりするわけないだろう。こんなに綺麗なのに」

「う、嘘は言わなくてもいいですよ？」

だが東悟はそれにふっと笑うと、その唇を鈴音の胸へと近づけてきた。

心臓の上にそっと口づけられた瞬間、ぞくぞくとした震えが走り抜けていくのを感じた。

あのときと同じだと思った。

最初に、東悟が触れてきたあの夜と……。

「前にもあったな……」

「え？」

「最初にお前に触れたときも、ずっと震えていた」

東悟もどうやら、それを覚えていたらしい。

「あのとき……お前のことが心から愛しいと、そう思ったんだ」

そっと言いながら、照れくさそうに見せてくれた、東悟の優しい微笑《ほほえ》み。

久しぶりにそれを目にした瞬間、どっと喉《のど》の奥から熱いものがこみ上げてくるのを感じて、
鈴音は東悟の首へと腕を回した。

唇がどちらからともなく触れ合って、そうして……甘く熱い時間が始まった。

唇を重ねて、さらに角度を変えてまた深くあわせる。

こんな風に貪るような口づけを、東悟とまた交わせる日が来るなんて思ってもいなかった。それが嬉しくてたまらない。

すでに裸になっていた鈴音と同様に、東悟も全てを脱ぎ落としてから、再びベッドの上に乗りあがってくる。

久しぶりのせいだろうか。大人の魅力に溢れた筋肉質なその固い肩や胸板を目にするだけで、ぞくぞくした。

「東悟…さん……」

素肌と素肌が直《じか》に擦《こす》れ合う。それだけで、息が上がりそうになるほど感じてしまう。

キスを繰り返しながらあちこち触れられているうちに、はしたなくも鈴音の身体はあっという間に反応して熱を帯びた。

だが太腿に触れてきた東悟の下腹部も、鈴音以上に熱くなっているのを感じて、鈴音は心の底からほっと息を吐いた。

(……どうしよう。嬉しい)

東悟とは違った、細いだけの貧弱な身体。

なのに東悟がそんな自分の身体を見て、激しく興奮してくれているという事実がたまらなく嬉しくて、じわりと目尻に滲《にじ》んできたものが溢れそうになってしまう。

「……っ……あ、あ……」

東悟の大きな手のひらに、どこを触られても気持ちが良かった。

胸や脇腹の弱い部分を擽られると、自然と甘い声が零れ落ちていったが、鈴音はそれをもう隠そうとはしなかった。

そのほうが、東悟が喜ぶと知っているからだ。

「…鈴音……」

「ん……あ、そこ……」

「ここ、好きか?」

「ん……、好き。好きです…」

問いかけられて、がくがくと素直に頷く。

胸の先端を東悟の指先でくりくりと弄《いじ》られる。それだけで涙が出るほど感じてしまった。

東悟は鈴音の弱いところを知り尽くしており、いつものように首筋や顎にまでキスを落としながら、あちこち丁寧《ていねい》に触れてくる。

最終的に辿《たど》りついた脚の間で、東悟の指先はすでに立ち上がっていた鈴音のそこをそっと包み込んだ。

「……っ」

「こら……逃げるなよ」

指先の巧《たく》みな動きに思わず腰を捻《ひね》ると、おしおきだというようにきゅっとそこを袋ごと、優しく揉《も》み込まれてしまう。

「あ……あぁ……っ」

「ん？」

「東悟さ……、とう……」

なんとかしてほしくて、首に縋《すが》り付きながらその名前を繰り返す。

こういうとき、東悟は少しだけ意地悪だと思う。

「どうしてほしいんだ？」

「して…。そこ、もっとちゃんと……」

「先っぽもか？」

問われてがくがくと首を振る。

感じてたまらないそこを、東悟にどうしてほしいのか、ちゃんと口に出して言うように促されて、鈴音は啜り泣くような声で唇を開いた。

恥ずかしさはもちろんあったが、前に感じていたような抱き合うことへの後ろめたさは、今はもう感じなかった。

契約から仕方なくではなく、東悟が本当に鈴音に触れたくて触れてくれているのだと、ちゃんと伝わってくるからだろうか。

「あ、あ……待って、……っ」

口にすれば、望んだとおりの愛撫《あいぶ》が返ってくる。

それに身悶《みもだ》えているうちに、東悟の唇がどこに向かっているかに気付いて、慌てて身を捩《よじ》ったけれど、東悟は逃がしてはくれなかった。

胸からみぞおちを辿り、やがて下腹部へと移動してきた唇が、ためらいもなく鈴音の熱を口に含む。

「……っ！　……っ……ぁあっ」

敏感になっている先端を舌で擽られながら、東悟の熱い口の中で可愛がられると、もはや我慢はできなかった。

「東悟……さ……、だめ……、あ……だめ、だめ……ん。それ……出ちゃ……っ！」

いやいやするように首を振りながらも、強すぎる快楽に引きずられて、鈴音は一度目の白濁を東悟の口の中へと吐き出してしまった。

頭の中が、真っ白になる。

東悟はそれをこくりと飲み込むと、涙目のまま荒い息を繰り返す鈴音をどこか嬉しそうに見下ろしてきた。

「……気持ちよかったか？」

「……っ」

そんなことを問いかけられても、答えられそうにない。

顔から火を噴《ふ》いてしまいそうなのに。

（あ……あれは、やだって前にも言ったのに……）

東悟の口で愛されるのは、苦手なのだ。……気持ちよすぎて、我慢がきかなくなってしまうから。

「鈴音？」

なのにいつまでも答えない鈴音に、どこか心配そうな顔つきになった東悟がまじまじと覗《のぞ》き込んでくるから、鈴音は目を閉じながらも真っ赤な顔で小さくこくりと頷いた。

「そうか」

その途端、東悟があまりにも嬉しそうな顔を見せたので、それ以上の文句は何も言えなくなってしまう。

東悟は鈴音の頬に口付けると、今度は身体の最奥までそっと指先を伸ばしてきた。

敏感なところをあちこち弄られながら、身体をじっくりと開かれていく。

久しぶりということもあってかその動きはかなり慎重で、鈴音は長いこと後ろを東悟の指で弄られながら、甘い感覚に啜り泣いた。

「そろそろ……いいか？」

「…ん。……うん。もう……きて……。来て……ください」

東悟の指で刺激されているそこが、さっきからずっと切なく疼《うず》いている。

今はもう……内壁を蕩《とろ》かせてくるその指よりも、東悟自身が欲しかった。

「鈴音……」

素直に口にして答えるたび、東悟が喜んでくれているのが分かる。

そしてまた自分の身体も、東悟と同じくらい熱くなるのを感じた。

「……あ……っ！」

東悟が腰をあわせてぐっと深く重なってきた瞬間、鈴音は満たされる感覚に全身を甘く震わせた。

口づけを求めると、願いはすぐに叶《かな》えられる。

東悟は震える鈴音を抱き締めたまま、ゆっくりと腰を使い始めた。


「……ん……っ、ん……。……あっ！」

甘い嬌声《きょうせい》をあげながら腰を震わせると、鈴音の前からは薄い体液がとろりと零れ落ちた。

（……もう…何回目…？）

荒い息を繰り返しながら、霞《かすみ》がかった頭の中でぼんやりと考える。そのうちに、それまで背後から重なっていた東悟が位置を変えて、また正面からぐっと入り込んできた。

そのまま、深いところまで貫《つらぬ》かれていく。

すっかり東悟の形に変えられてしまった鈴音のそこは、再び入りこんできた東悟の大きなものを喜んで迎え入れた。

「ま……待って……、東悟……さ……」

イッたばかりで敏感になっている内部を、長くて大きなそれでゆったりとかき混ぜられる。

そのたび濡《ぬ》れた音が溢れだし、じんじんとした痺《しび》れが背筋を伝って這《は》い上ってくる。

「……なんだ?」

「あ、奥……奥が、まだ……痺れて……て……」

「ああ。熱く蕩けてるのに、うねって……すごいな」

言いながら、再び深いところで腰をまわされてしまう。

(……まだ、痺れてるのに……)

敏感になりすぎているところを突かれたり、かき混ぜられると、声も出ないくらいに深く感じてしまう。

「……鈴音……」

溜め息交じりに呟く東悟の声や、少し眉《まゆ》を顰《ひそ》めたその表情が、彼もひどく感じ入っているのだと伝えてきた。

「気持ち……いい……、ですか？」

「ああ……死ぬほどいい」

鈴音の問いかけに、東悟がさらりと素直に頷いてくれる。

その途端、ジン……とした甘い痺れが腰の奥から駆け抜けていき、鈴音はぶるりとその細い腰を震わせた。

「……っ、……ん……、……っ」

あ……、と思ったときには遅かった。

鈴口《すずぐち》から熱いものが滴り、とろりとまた新たな雫を溢れさせてしまう。

（触られても、いなかったのに……）

「中……そんなにいいのか？」

鈴音が中だけで軽くイッてしまったのを見られていたのだろう。

自分ばかりが感じているのが申し訳なくて、鈴音は顔を隠すようにして両腕で覆《おお》った。

「……ご、……ごめ…んなさ」

「謝らなくていい。お前がいいなら、それでいいんだ」

「……っ」

（そんな優しいこと言われたら、また……）

我慢が利かない自分の身体が、恨めしくなってくる。

いくら東悟に抱かれているからといって、今日の自分の身体はどこかおかしかった。ほんの少しの刺激だけでも感じすぎてしまい、溢れるものが止められないでいる。

「本当に、お前は可愛いな……」

耳朶《みみたぶ》を甘く噛みながらそんなことを囁《ささや》かれ、鈴音はかぁぁと顔を赤らめさせた。

「か……可愛いって……」

東悟は風邪のせいで、少しおかしくなってしまっているのだろうか。

さっきから初めて聞くようなことばかり口にしている気がする。

(可愛いなんて……初めて言われた)

驚いて顔を真っ赤にしたまま鈴音が目を見開くと、鼻の先をすりつけるようにして東悟がふっと笑った。

「出会ったときから、お前を見るたび、可愛い、可愛いといつもそう思っていたよ。……口には出せなかったけどな」

「……っ」

照れ隠しのつもりなのか、言い終わった途端に腰を深くぐっと押し付けられて、鈴音は声にならない嬌声を上げた。

「……東悟さん……、東悟さ……、好き……あ……っ。好き……すごい好き……っ」

たまらなく嬉しくなって、その肩にしがみつきながら何度も『好き』を繰り返す。

すると東悟は鈴音の額《ひたい》にキスを落としながら、『ああ……俺もだ』と頷きかえしてくれた。

「好きだ」

瞬間、びりびりっとした甘い電流が全身に流れていく。

(東悟さんが……初めて好きって言ってくれた)

そう思ったら、前からまた少し……新たな蜜《みつ》が溢れてしまった。

なんだかもう、ずっとおかしくなってしまっている。

壊れた蛇口《じゃぐち》みたいに、さっきからイキっぱなしのままだ。

「ゆっくりのほうが好きか？」

「ん。……いい。すごく、いいです。気持ち…よくて……、あ……溶け…ちゃ……」

鈴音が感じているのは、東悟が今深く入っているところだけじゃなかった。

全身が溶けてしまいそうに気持ちが良くて、ぽろぽろと涙まで溢れてしまう。

無意識のまま自分からも腰を揺すると、中で東悟の昂《たか》ぶりが擦れて、その硬さと熱さにまた
鈴音は啜り泣いた。

「くそ……。俺のほうが……今すぐ溶けそうだ」

「ん、ん……」

「少し、強くしても大丈夫か？」

「……？」

尋ねられ、ぼんやりとしたまま見上げると、東悟がまた『くそ』と小さく舌打ちしながら、口付けてきた。

「……悪い。可愛すぎて限界だ」

「あ……っ！」

それまでのゆったりとしていた腰の動きが嘘みたいに、突然東悟の動きが激しくなった。

東悟は謝ってくれたけれど、優しいのも激しいのも、鈴音にしてみればどちらでも構わなかった。

中を東悟に突かれながらイクのも、胸や前を弄られながら達するのも……。

はしたなく見えても、それでもいい。

東悟が『いい』と言ってくれるのなら、どんな自分でも構わないと思えた。

何度も奥を突かれて、声もなく身悶える。

東悟の形に開かれたそこは、彼を包み込みながらも柔らかく解《と》け、鈴音をたまらなく感じさせた。

「あ…っ、ん……ん、……っ！」

鈴音の一番深いところで東悟の熱が弾《はじ》けた瞬間、耳元で小さく『愛してる』と囁く声が、聞こえた気がした。

朝方近くまで何度も睦《むつ》み合い、気が付けば鈴音と東悟はそのまま昼過ぎまで、ぐっすりと眠り込んでしまっていた。

ハッと目が覚めたときはすっかり日が高くなっていて、そのことに驚いてしまう。

長いこと眠っていたのはどうやら東悟も一緒で、目が覚めたとき、妙に東悟はすっきりとした顔をしていた。

「あの……風邪は大丈夫なんですか？」

すっかり忘れてしまっていたが、東悟は体調を崩していたのだ。

「ああ。もうすっかり風邪は吹き飛んだ」

本人はそうけろっとした顔で告げていたけれど、佐々木からは『しばらく強引にでも休ませるようにしてください』と言われていたはずだ。

休ませるどころか、朝方近くまで眠らずにしていたことを思い出すと、顔がまた火照《ほて》ってきてしまう。

「あ……そうだ。三沢さんが……っ」

鈴音がいつまでも起きてこないとき、三沢はいつも部屋まで呼びに来てくれる。

このまま部屋まで来られてはまずいだろうと、慌ててベッドから飛び起きると、東悟は平然とした顔でテーブルの上を指さした。

「ああ、さっき食事を持ってきてくれたぞ」

「ええ……っ？」

見れば窓際のテーブルの上には、ちゃんと二人分の朝食がお盆に載せられて、そっと置かれていた。

プロ意識の高い彼女はいつもなにも言わないけれど、あれをどうやってここまで運んでくれたのかはあまり考えたくない……。

赤くなった顔を両手で覆っていると、ふと東悟が口を開いた。

「鈴音」

「はい？」

「その……、お前は……今はもう、寂しくはないのか……？」

突然の問いかけに、きょとんとしてしまう。

東悟の気持ちが聞けた上、こんな風に心ゆくまで抱き合えた今、なにを寂しいと思う必要があるというのだろうか？

「……え？」

首を傾げると、東悟はしどろもどろになりながらも、がりがりと頭を掻いた。

「寂しいって……なんのことですか？」

「……その、前によく言ってただろう。……顔を見られないのは、寂しいと。今はその……週に一度しか会えていないわけだし……」

珍しく視線を逸《そ》らしたままぼそぼそと呟く東悟が、なにを言いたいのかにようやく気付いて、鈴音はぽかんと口を開いた。

（もしかして……会えない日のことを言ってる？）

「それって……？」

「いや……いい。やっぱりなんでもない」

だが東悟はそれ以上は口にせず、くるりと鈴音に背を向けてしまった。

「……もし、お前がずっとフジさんのところで働きたいというなら、毎週車を出すからいい」

「東悟さん……」

「どうしても、あちらで暮らしたいというのなら……これからも俺が通えばいいだけの話だしな」

ぶつぶつとまるで自分に言い聞かせるみたいにそう呟く東悟の背中は、鈴音よりもずっと広かったけれど、とても寂しそうに見えた。

（どうしよう……東悟さんが、すごく可愛いんだけど…）

自分よりも一回りも年上の大人のくせに意地っ張りで、尊大で。ときにひどく優しくて。

そのくせひどく寂しがり屋なこの人が、鈴音はやっぱり心から好きだと思った。

その背中に鈴音のほうからぺたりと貼り付くと、東悟の身体が小さく震えた。

「東悟さんは？」

「なんだ？」

「週に一度しか会えなくて……それで寂しくないんですか？」

ちょっとだけ意地悪な質問かなと思ったけれど、どうしても聞いてみたくて、背中に貼り付いたまま尋ねてみる。

東悟はもぞもぞと前から手を伸ばし、鈴音の手を握りしめると、振り向かずに小さく息を吐き出した。

「……お前が幸せなら、それでいい」

ぽつりとした声に、喉の奥がふいに熱くなる。

一瞬、また泣き出しそうになってしまい、鈴音は慌ててぐっと息を飲み込んだ。

（――まったく、この人は……）

どれだけ寂しくとも、きっと東悟は口に出しては言わないのだろう。

鈴音のためにならないことは、我慢して飲み込んでしまうつもりなのだ。これまでもそうだったように。

（そういう不器用なところが、お祖父様とほんとよく似てると思うんだけど……）

口には出さずとも、伝わる愛情はあって、鈴音は振り向かない東悟の背中に確かにそれを感じた。

「僕は……東悟さんに毎日会えないと、死ぬほど寂しいです」

素直な気持ちを吐露すると、大きな背中が震えるのが分かった。

「……そうか……」

「はい」

東悟はそう呟いただけで、こちらを振り向かなかったが、鈴音の手を握る指先が小さく震えているのが伝わってきた。

「……俺もだ」

微かに届いた囁きに、どっと愛しさが溢れだして目を瞑る。

鈴音が小さく鼻を啜りながら目の前にある背中に寄り添うと、東悟は鈴音の手をぎゅっと強く握り返してくれた。

新婚夫婦のその後の話

チリリンと涼やかな音が鼓膜を擽《くすぐ》る。

そのたび、つい振り返ってしまうのは東悟《とうご》のクセだ。

久しぶりの休日、東悟は鈴音《すずね》と共にフジの家にある離れの縁側にいた。

朝早くから、近所の農園の栗拾いに駆り出されたのだ。

「東悟さん、お疲れ様でした」

言いながら差し出されたのは、温かな麦茶だ。

会社や家にいるときは、ほぼコーヒーか緑茶ばかりなのに、この古ぼけた平屋に来るとなぜか温かな麦茶が恋しくなる。

鈴音が差しだしてくれた湯飲みをありがたく受け取ると、鈴音は東悟の隣に同じように腰を下ろして、小さく笑った。

そうして鈴音がちょこちょこと動くたび、彼が持ち歩いている鈴がちりりんと鳴る。

「……その鈴、まだ持っていたんだな」

麦茶に口を付けながら、ぼそりと呟く。

白と金の七宝焼《しっぽうやき》の鈴は、以前初めて鈴音を外に連れだしたとき、土産《みやげ》として東悟が鈴音に買ってやったものだ。

そのおかげで彼が近くを歩くと、東悟はすぐに気が付く。

鈴の音は古来より、魔を払うと言われている。

彼の身に降りかかる厄災を振り払うためと、鈴音の名に因《ちな》んで買ってやったものだが、鈴音はそんなささやかなプレゼントを心から喜んでいた。

東悟からの指摘に、鈴音は持ち歩いていた鈴をそっとポケットから取り出してみせた。

「はい」

「もう捨てたのかと思ってた」

「まさか。そんなことしません。ただ……東悟さんから独り立ちするなら、いつまでも未練がましく持ち歩いているのも、どうなのかなと思っていたので……」

「そうか……」

東悟と暮らしていた家から突然飛び出した鈴音は、家に連れ戻されてからというもの、あまり笑わなくなってしまった。

同時に、いつも持ち歩いていた鈴も持ち歩かなくなっていたのだ。

東悟としては『そこまで嫌われたのか……』と密かに落ち込んでいたけれど。

どうやら鈴音はそれをずっと机にしまっておいたらしい。

最近になって、鈴音がまたそれを持ち歩いているのを知って、ほっとした。

それもこれも、自分がようやく素直になれたからだろう。

——先月、鈴音は東悟とともに、再び都内にある二人の家で暮らし始めた。

『できればもう離れていたくない』という、互いの気持ちを確認しあった上での結論だ。

フジはすぐにまた家に戻ることになった鈴音に、『夫婦ゲンカのたびに家出してくるバカがいるかい』と呆れていたけれど、それでも最後には『もしも旦那に愛想が尽きたら、またいつでも雇ってやるからね』と約束してくれた。

東悟としては冗談ではない台詞だったが、そうして鈴音のことを気にかけてくれる相手が外にもいるのは、鈴音にとってとてもありがたいことだと思っている。

以来、月に一度はこうして二人揃ってフジの家に出向いては、フジの畑仕事を手伝うのが二人の習慣となった。

仕事人間だったはずの自分が、今では週末にきっちりと休みをとり、鈴音と二人でデートをしたり、こうして農作業に力を注いでいるのだから、人間変われば変わるものだと思う。

変わったのは、なにも東悟だけの話ではない。

鈴音は現在、白河《しらかわ》グループ内で行われるパーティについて、その全てを取り仕切っている。

最初はパーティプランナーや周囲の力を借りつつだったけれど、今では鈴音一人でも完璧に任せられるようにまでなっていた。

『パーティは苦手なので……』と言っていた彼が、すごい進歩だ。

食べ物の好き嫌いはほぼなくなり、家の庭で家庭菜園も始めた。料理もフジや三沢《みさわ》に習いながら、かなり腕前が上達してきていると思う。

先日には鈴音を連れて、長野《ながの》にある両親と弟の墓参りにも行った。

鈴音がどうしても一度、ご挨拶《あいさつ》したいと言ってきたのだ。

旅行がてらに訪れた懐かしい彼の地で、鈴音は長いこと墓の前で手をあわせていた。

そんな風に、日々を生き生きと過ごしている鈴音を見ていると、本当に良かったと思う反面、東悟はじりじりと胸が焦げるような気持ちになることもある。

(……分かっている。嫉妬《しっと》だよな)

鈴音は最近、ますます美人になったと思う。

以前はどちらかというとまだ幼さが残っていた横顔に、今ではなんとも言えないような色気が出てきた。

本人に、自信が付いたからだろうか。

おかげでますます、周囲から可愛がられることが多くなっている。

東悟の秘書である佐々木《ささき》や家政婦の三沢を始めとし、フジや竜平《りゅうへい》、近所の茶飲み友達からパーティにやってくる取引先まで、みんな鈴音に会う相手は彼にメロメロなのである。

どこかぽやっとしているくせに、一本芯が通っていて、頑張り屋で。

そのくせ涙もろくて、誰にでも素直な鈴音の傍にいると、誰しもが惹《ひ》かれずにはいられないのだろう。……かつての東悟が、そうだったように。

「どうしましたか？」

思わず溜め息を吐くと、鈴音がそれを聞きつけて心配そうに顔を覗きこんできた。

「もしかして疲れました？　ここのところ、お仕事も忙しそうでしたもんね。……少しお昼寝されますか？」

言いながら自分の膝を慌てて出してくる妻に、東悟はふっと微笑んだ。

東悟の役に立とうとして鈴音が必死になるのは、今も変わらないらしい。

「……そうだな。でも今日は、せっかくだから反対にするか」

「反対？」

日の当たる縁側で、首を傾げた鈴音を東悟はぐいと抱き引き寄せた。

そのまま背後から細い身体を抱きかかえるようにして、膝の上で抱っこする。

鈴音の肩にちょいと顎を乗せると、突然のことに固まっていた鈴音は、やがてかぁぁと耳を赤くした。

「あ……あの……」

「うん、どうした？」

「なんだかこれって結構……というか、す……すごい恥ずかしいですね……」

東悟の膝の上で抱っこされている体勢が、鈴音としては落ち着かないらしい。

東悟の胸に素直に背中を預けながらも、しどろもどろになっている鈴音に、東悟は思わず微笑んだ。

ベッドの中ではなんでも素直に振る舞える彼が、こういうときは本当にひどく照れた顔をする。それがたまらなく可愛いと思う。

きっと鈴音は基本的に、人に甘えることに慣れていないのだろう。

考えてみればそうかと……思う。

鈴音の両親は東悟と同じように、彼が幼い頃に他界している。

育ててくれた白河翁は面と向かって孫を可愛がるような素直な老人ではなかったし、いつもボディガードや運転手に囲まれて、自由に外出したこともないと以前、鈴音は話していた。

当然、親しくつきあった友人もいないらしい。

「俺は、抱き心地がいいけどな」

「そ、そうですか？」

「ああ」

頷くと、鈴音はほっとしたように東悟の腕の中で、そっと力を抜いた。

そんな風に自分からは控えめにしか甘えられない彼を、東悟はますます愛しいと思う。

両親を失ったあと、鈴音は愛に飢えていた。

そして自分は、金に飢えていた。

けれども、根本的なところはお互いにきっと同じなのだ。

どちらもどこか大切なところがずっと欠けたまま、孤独に生きてきた。

だからこそ、出会った途端に互いに強く惹かれあったのだろう。

――その事実を、自分はいつまでも素直には認められなかったが。

プライドがあったせいもある。だが東悟がなによりも恐れたのは、『また誰かを心から愛して、その相手を二度と失いたくない』という恐怖心だった。

鈴音には何度大事な人を失っても、また素直に誰かを心から愛せる強さがあった。

それを見習いたいと思い、今では東悟もこうして素直に自分の気持ちを吐露するようにしている。

鈴音への愛情を隠さなくなった東悟に対し、秘書の佐々木などは『くだらないことで鈴音さんと揉めているよりはずっといいと思うんですけど……。なんだか社長がそこまで素直だと、気持ちが悪いと言いますか。頭に花でも咲いていそうですよね』などと失礼な台詞を吐いていたが、人のことはほっとけと言いたい。

「おーい、鈴音。これ祖母ちゃんが鈴音たちに持ってけって……げっ」

茹でたばかりの栗を山盛り一杯ざるに入れ、母屋の方からやってきたのは、フジの孫の竜平だった。

竜平は縁側で東悟の膝に抱き寄せられている鈴音を目にした途端、その場でぴたりと固まった。

「あ、あんた！　なにしてんだよ……っ！」

「なにって……見てのとおり、鈴音とイチャイチャしているが？」

「い、イチャイチャって……」

ぱくぱくと口を開いたり閉じたりしている竜平の顔は、すでに真っ赤だ。

「と、東悟さん……、あのちょっと、放してください」

さすがに鈴音も友人にその姿を見られたのが恥ずかしかったのか、慌てて東悟の腕から逃れようともがいたが、東悟はその腰をがっちりと摑んでホールドしたまま放さなかった。

それどころか赤くなった鈴音の肩に顎を置き、竜平に見せつけるようにしてにっこりと笑う。

「そういえば、君にもまだちゃんと礼を言ってなかったな」

「あ、ああ？」

「うちの鈴音が、友人として君にも随分と世話になったようだな。ありがとう」

『うちの』と『友人として』という言葉に力を込めると、竜平もカチンとしたように東悟を睨み返してきた。

「……いいや。別にあんたに礼を言われる筋合いなんかねーよ。すずは、おれにとって大事な幼馴染みだしな」

「ほう」

「子供の頃のすずはもう、そりゃすっげー可愛かったんだぜ？　ちっちゃくて色白で……いつも泣きながら俺の後をくっついてきてさ」

小さい頃の鈴音……というキーワードに、闘争心にいっきに火が点く。

「そうか。……今でも鈴音の泣き顔ならすごく可愛いぞ？　俺と毎日会えないと寂しいと言って泣くものだから、俺も放っては置けなくてな」

「ちょ…ちょっと、東悟さん…っ」

なにをいきなり言い出すのかと、慌てる鈴音を背後からきゅっと抱き締める。

「ああ、でもちゃんと可愛がっていても、泣き出すのはやっぱり同じか」

言いながらその耳朶に口付けると、鈴音はますます真っ赤になって俯いてしまった。

「……っ」

そのあたりが限界だったのか、涙目になった竜平は、無言のまま母屋へと走り去っていく。

「……東悟さん。どうして竜君の前で、あんなこと言うんですか？」

しれっとしたまま『悪い。つい口が滑ったな』と謝ると、鈴音はなんとも言えない顔をして、背後にいる東悟を見上げてきた。

その困ったような眼差しも可愛いのだから、仕方ない。

少し大人げない態度だったかもしれないが、余計な虫は早めに払っておくに限るだろう。

「竜君とあまりケンカしないでくださいね。……もしここに来られなくなったら、困ります」

結局、そんな風にしか文句の言えない鈴音が、愛おしくなる。

「鈴音。お前、そんなにここに来るのが楽しみなのか？」

分かっていても、ついすねたように口にしてしまうのは、つまらない嫉妬からだ。

「楽しいです。……今は東悟さんも一緒だから、もっと楽しいし」

「そうか……」

「ここにきてから……フジさんに怒られながらも色々なことを教えてもらって。そうやって一つひとつ丁寧な仕事をすれば……僕みたいになにもできない人間でも、なにかできることがあると教えてもらいました。それって……とても幸せなことだと思います」

「別に、なにもできないってことはないだろう？」

「え……？」

「お前はいつも、そこにいるだけで俺を幸せにしてくれているだろうが」

そして多分亡くなった白河翁のことも、彼はずっと幸せにしてきたに違いなかった。

正直に答えた途端、鈴音はぴたりと黙り込んだ。

そうして振り返ると同時に、鈴音は泣き出しそうな顔をして、東悟の首にぎゅっとしがみついてくる。

「鈴音？」

「……大好きです」

——まずい。可愛い。今すぐそこの場で押し倒したくなってしまった。

「鈴音……」

　その首筋に口付けて、抱き締める腕にぎゅっと力を込める。

　鈴音の背中を東悟が愛しげに撫でたそのとき、竜平の代わりに栗を持ってきてくれたらしいフジの一喝が飛んだ。

「そこの新婚バカ夫婦！　いちゃつくんなら、自分の家に帰ってからにしとくれ。うちの孫には刺激が強すぎるんだよ」

　さすがにフジの前では、東悟も大人しくなるしかない。

　しぶしぶながらも鈴音の腰から手を放すと、鈴音も慌てたように『……す、すみません』と東悟の膝から降りて、フジから栗を受け取った。

　そうしてフジに怒られつつ、縁側で鈴音と並んで食べた栗は、これまでに食べたことがないくらい甘かった。

あとがき

こんにちは。可南《かなん》です。

今回は、なんと『花嫁もの』に初挑戦させていただきました。

そして『花嫁もの』の奥の深さと難しさを実感し、途中で何度も身悶えました。

ＢＬだけど花嫁もの。異世界でもないのに花嫁もの。

……人様のお話だとどんな設定でも美味しく読めるのに、いざ自分の話となると、ツッコミ処が満載になる不思議。

そして実際に仕上がってみたら、なんか『花嫁もの』っていうよりも、『農家もの』でしたしね……。

そして世でいうところの『花嫁もの』とは、明らかになにかが違う気がします……。

タイトルも『新妻の農家花嫁修行』とかの方が、いっそいいのではないかと迷うほど。

『旦那様の通い婚』というタイトルは、担当様へお話の説明をするときの仮名だったわけですが。（オレ様な旦那様の方から、最後は逃げた妻の元へ通うのですよ……とかそんな説明でした）

まさかそれがそのまま、通ってしまうとは夢にも思いませんでした……。

開き直って書かせていただきましたが、是非楽しんでいただけましたら幸いです。

今回、イラストをつけてくださいました高星《たかぼし》先生。

本当に素敵なイラストをありがとうございました！

いただいたどのイラストもお気に入りです。麦わら帽子姿も素敵でした。

着物、添い寝、膝枕……そんな萌えアイテムばかりでしたが、素敵なイラストで的確に表現してくださいまして、嬉しかったです。

なのに色々とご迷惑おかけしまして、申し訳ありませんでした。

また今回は途中でがっつりと体調を崩してしまい、担当様や編集部の皆様にもご迷惑をおかけしてすみませんでした。年々、体力の衰えをひしひしと感じますね……。

来月からは、ずっと止まってしまっていたウォーキングを再開させたいなと思っているところです。

そんなわけで『花嫁もの』に初チャレンジした結果、犬も食わない夫婦ゲンカになりましたが、楽しく書かせていただきました。

よろしければまた、感想など気軽に聞かせていただけたら嬉しいです。

ではでは。どこかでまたお会い出来ることを祈って。

二〇一六年　初夏　　可南さらさ

この本を読んでのご意見、ご感想を編集部までお寄せください。
《あて先》〒105－8055　東京都港区芝大門2－2－1　徳間書店　キャラ編集部気付
「旦那様の通い婚」係

■初出一覧

2016年6月30日　初刷

著　者　可南さらさ
発行者　川田　修
発行所　株式会社徳間書店
〒105-8055　東京都港区芝大門2-2-1
電話　048-451-5960（販売部）
　　　03-5403-4348（編集部）
振替　00140-0-44392

Chara

旦那様の通い婚……【キャラ文庫】

印刷・製本
カバー・口絵　株式会社廣済堂
デザイン　おおの蛍（ムシカゴグラフィクス）

ISBN978-4-19-900839-9